Débora Ferraz

O sombrio coração da inocência

© 2025 by Débora Ferraz em acordo com MTS agência

© 2025 DBA Editora

1ª edição

PREPARAÇÃO
Silvia Massimini Felix

REVISÃO
Laura Folgueira
Carolina Kuhn Facchin

EDITORA ASSISTENTE
Nataly Callai

DIAGRAMAÇÃO
Letícia Pestana

CAPA
Isabela Vdd (Anna's)

FOTOGRAFIA DA CAPA
Acervo da autora

Todos os direitos reservados à DBA Editora.
Alameda Franca, 1185, cj 31
01422-005 — São Paulo — SP
www.dbaeditora.com.br

Dados Internacionais de Catalogação na Publicação (cip)
(Câmara Brasileira do Livro, sp, Brasil)

Ferraz, Débora
O sombrio coração da inocência / Débora Ferraz.
1. ed. -- São Paulo : Dba Editora, 2025.
ISBN 978-65-5826-104-9
1. Ficção brasileira I. Título.
CDD-B869.3   24-245066

Índices para catálogo sistemático:
1. Ficção : Literatura brasileira B869.3
Eliete Marques da Silva - Bibliotecária - CRB-8/9380

Dedicado a Dalma Régia e Homembom Magalhães.

*E a esposa de Ló, é claro, foi orientada a não olhar
para trás, na direção de onde tinham existido toda
aquela gente e suas casas. Mas ela olhou, e eu a amo
por isso, porque foi um ato muito humano.
Aí ela virou uma estátua de sal. É assim mesmo.*
Matadouro-Cinco, Kurt Vonnegut[1]

*Todas as coisas realmente
perversas começam na inocência.*
Paris é uma festa, Ernest Hemingway[2]

---

1. Tradução de Daniel Pellizzari. Rio de Janeiro: Intrínseca, 2019.
2. Tradução de Débora Ferraz.

PEÇAS EM ORDEM CRONOLÓGICA

1. Fernanda e Álida Aquino em 1999.
2. Foto da festa junina em que Daniel aparece ao fundo.
3. Fernanda sozinha, de vestido prateado, nos anos 2000.
4. Na calçada da casa que ficava em frente à escola, o time de futebol do Colégio Sagrado Coração. Ao fundo, Daniel aparece.
5. Foto polaroide da carteira do colégio. Nela se vê, em caneta BIC azul, uma sucessão de símbolos que significam "Giulianna e Daniel" dentro de um coração.
6. Mecha do cabelo laranja de Giulianna Giácomo.
7. Frasco contendo uma gota do perfume Love Tears.
8. Camiseta da escola com o nome Feras 2000. No verso, o nome de quarenta alunos.
9. Foto polaroide do topo da serra, ao longe, coberto de neblina.
10. Foto polaroide das irmãs Giácomo com outras duas meninas posando na serra.
11. Foto polaroide de Fernanda sentada em um momento no qual bebia água.
12. Foto polaroide que mostra, ao longe, Daniel se aproximando de Giulianna, Carinna e Fernanda.
13. Foto polaroide da paisagem e dos alunos. Ao longe, um trecho do rio.

14. Cartinha enviada via "correio dos concluintes" de Carinna para Tito.

15. Bilhete trocado em código entre Carinna e Giulianna Giácomo.

16. Em uma sacola de plástico, um teste de gravidez (sem data) com duas listras vermelhas.

17. Caderno da Ana Paula Arósio.

18. Camiseta cheia de assinaturas feitas com caneta BIC.

19. Foto de Tito e Renan no dia das provas finais.

20. Foto da turma reunida na comemoração do amigo secreto.

21. Foto oficial da festa dos concluintes. Todos posam ao lado de uma homenagem feita a Giulianna e Carinna.

22. Foto da turma dos concluintes prestes a entrar no ônibus.

23. Impresso de uma página da web. Notícia do suicídio de Fernanda.

PEÇAS QUE NÃO ESTÃO NA LINHA DO TEMPO

1. Foto de Daniel com seu irmão. Ao fundo, uma praia.
2. Desenho de Giulianna Giácomo. Abaixo, à caneta, a assinatura de Daniel Peach.

PARTE I

PART II

Tentamos pôr as peças em ordem cronológica. Nesta aqui, sabíamos que era temporada de chuvas porque o poste no canto da imagem aparece, na foto, cercado de uma nuvem de besouros que, naquela época, sempre invadia a cidade com sua atração fatal pela luz. Eu sou... ou era... o menino da frente. Ó, o único preto de cabelo liso do colégio, coisa que me rendeu, naquele ano mesmo, o apelido de Apingorá, pelo qual atendo até hoje. E nessa mesma imagem, do lado oposto ao que eu estava, um pouco isolado dos outros, aparecia Daniel fazendo careta (talvez incomodado com o flash, que sempre o levava a piscar).

Daniel volta a aparecer apenas em mais duas imagens: na foto dos festejos juninos do colégio — ainda assim, só pela metade, como um ícone indesejado e acidental, estragando o registro da quadrilha mirim de 1999 — e depois em forma de assinatura. Num desenho, um pouco tosco e hoje já quase irreconhecível, de uma menina seminua (com o tempo, o grafite se espalhou na superfície do papel). Não é mais possível distinguir os traços, exceto pelo que estava à caneta: a data e a assinatura.

O que mais me intriga e o que faz dessa peça a mais importante do quadro geral não é tanto a data do desenho, nem as distorções de proporção naturais a um desenhista amador. *O que chama a atenção mesmo é que essa menina, num desenho assinado por Daniel Peach, seja Giulianna Giácomo. E que tanto ela quanto sua irmã, Carinna, tenham morrido afogadas naquele mesmo inverno sem que nunca se tivesse cogitado juntar essas três pessoas no mesmo parágrafo. Por que ninguém os vira juntos antes? Em que momento se aproximaram? As Giácomo eram as garotas mais superprotegidas do colégio, enquanto Daniel... bem...*

Como explicar Daniel?

Voltemos à imagem de Daniel: qualquer um que visse uma fotografia dele diria, meio de brincadeira: "Aí está a cara de um menino que fatalmente vai cometer um crime". Parecendo ter o dobro do nosso tamanho e da nossa maturidade muscular, era exatamente esse o efeito de Daniel no colégio. Também não será preciso entrar muito em detalhes, pois passamos a vida vendo outros iguais a ele, o mítico adolescente-problema, parado em frente a uma lanchonete ou à bodega do seu Enoque. Sem amigos, mas segurando cigarros Marlboro com os dedos em pinça e guardando um canivete no bolso do jeans. Pronto pra bater em algum garoto, envergonhar um desavisado, assediar uma menina... Nossos pais o espiavam pela janela com desconfiança. Depois nos perguntavam: era nosso amigo? A resposta era sempre um não um pouco envergonhado da nossa parte. "Ele não fala português", dizíamos, quando o que realmente queríamos dizer era que ele não parecia acreditar muito em comunicação verbal.

— Mas vocês que deviam chegar nele — meu pai me disse certa vez, como se sugerisse uma intervenção, espiando pela basculante se o bar do Naldo já tinha aberto e deparando com o gringo. — Ele é que é de fora. E... Ele não é da sua sala?

— *Não, pai. Ele não é da minha sala.*

Daniel não era da sala de ninguém. Mas isso é mais complicado de explicar. Ele frequentava o colégio? Sim. Usava o uniforme? Sim. Mas não era aluno regular, matriculado. Pudemos conferir nos registros da escola. Ele tinha chegado à cidade sob a custódia da nossa professora de inglês, Ilza Helena, no meio do semestre letivo do ano anterior. Entrava em aulas aleatórias, sentava-se separado do grupo, fazia anotações ou desenhos... e sumia. E se isso, em circunstâncias normais, já não é o melhor dos quadros pra se fazer amigos, Daniel tinha ainda contra si todos os rumores sobre sua origem. Rumores que, claro, se espalharam rápido numa cidade pequena: de que a família dele no Reino Unido tinha se desintegrado em alguma dessas tragédias enormes; de que ele chegara ao Brasil sem os registros escolares. De que havia posto fogo na própria casa, com os pais dentro, estragado a iluminação da igreja de propósito, envenenado o cachorro da casa do dr. Fantão, dado drogas pra crianças na porta do colégio industrial e de que tinha, por lá mesmo, "engravidado à força" uma menina da Malhada.

E, veja, não estou aqui pra fingir que eu era mais maduro ou diferente dos outros da minha idade. O que quero dizer é: eu não acreditava nessas histórias. Não acreditava que um gringo estranho, que ficava desenhando nos fundos da minha sala de aula, fosse automaticamente um psicopata de filme de suspense.

Mas o que era que eu sabia?

Eu era um menino lesado que achava que Recife era a cidade mais longe do mundo e que pessoas más, de verdade, não existiam na vida real.

E meu pai? O que meu pai sabia?

Agora revejo as fotos da sétima série. Está chegando perto do ponto em que apareceremos com a farda "Concluintes 2000" e não posso deixar de pensar na máxima "acredite nas pessoas quando elas mostrarem quem são desde o princípio". Nem posso deixar de ver na minha própria camiseta que, bem embaixo do enunciado "Os feras do futuro", na lista de nomes, há dois deles riscados, cancelados com um traço de caneta BIC: ~~*Giulianna Giácomo*~~ *e* ~~*Carinna Giácomo*~~*. Percebo que, neste mesmo momento, em outra linha do tempo, Daniel deveria estar fazendo suas provas do supletivo, concluindo o secundário e se regularizando no sistema educacional. Mas não estava. E sua tia não soube explicar que destino ele teve.*

O resto é uma questão de ligar os pontos entre duas meninas mortas, um garoto delinquente que foge da cidade e a avalanche de hormônios que nos cegava. Entre as paixões dos que se autoproclamavam "os feras do futuro".

E aqui estão as perguntas mais primárias que nos fazemos vendo fotos da juventude:

De quem você gostava?

Qual era seu sonho?

O que vocês estavam, de verdade, fazendo uns com os outros?

CAPÍTULO UM

João Pessoa, 29 de outubro de 2019

Com uma mala de rodinhas, uma mochila Targus nas costas e um blazer quente demais para outubro no Nordeste, Tito tenta equilibrar nas mãos as chaves de casa, o celular e um caderno antigo, espiralado, com Ana Paula Arósio na capa. Atrapalha-se com a digitação: "Tô na porta, velho", hesita à soleira como se esperasse um bendito sinal do universo — assalto, acidente, um chamado da mulher, qualquer coisa. Algum evento, feliz ou trágico, de súbito, que viesse a impedi-lo de pegar a estrada. "Tô na calçada, já." E que se configurasse como uma justificativa razoável (nobre, até!) para retroceder. Para não ter de tomar a porcaria do avião das cinco da manhã, em Recife. Para desistir. Ponto. Não deu. Sem que essa razão fosse apenas sua fatal combinação de preguiça e cagaço.

Mas, em vez disso, em vez de um sinal do universo, o que tem é a vibração do telefone. A confirmação tátil e luminosa de que o carro está a caminho. São 3h01 da manhã. A rua está deserta, as pessoas que poderiam assaltá-lo nunca estão lá quando se precisa delas. E é aí que algo lhe ocorre.

Merda.

Entre as muitas vozes na cabeça de Tito, se destaca a de Renata, sua mulher, perguntando, meses atrás:

— Pra que essa viagem, agora?

Pois é. "Pra quê?"

Quando faltavam uns dois dias para embarcar, enquanto guardava em ziplocs transparentes itens absurdos como a peça número sete (um vidro de perfume contendo o total de uma gota da essência Love Tears) e a peça dezesseis (um exame de gravidez, sem data, mas com duas faixas vermelhas), foi que a viagem começou a parecer absurda. "Pra quê?" era a pergunta que se fazia. E ele até tinha inventado uma resposta muito boa quando era Renata quem perguntava.

— Pra honrar uma missão — ele disse. — Pra contar a grande história da minha vida.

— Da tua vida? — Renata riu quando ele falou nesses termos.

— E tu nem acha estranho? Que a grande história da *tua vida* não tá nem dentro da *tua vida*, mas da vida dos outros?

Ofensiva inútil. Tito era jornalista. A vida dos outros era lato sensu seu objeto de trabalho.

— E nem acha conveniente *demais* uma fonte surgir, do nada, exatamente quando tu tá se coçando pra mandar tudo à merda?

Isso sim, era um bom ponto de argumentação. Mas Tito não ia mandar Renata à merda, se era isso que ela tentava insinuar. Aliás, cinco meses antes, tudo o que Tito queria era que ela viesse junto pra onde quer que ele fosse. Queria viajar com ela e com Clarinha. Estava entediado com os louros alcançados na reportagem. Queria escrever coisas diferentes, melhores, ter novas ideias. Na época, achara que passear pelo Velho Mundo era um excelente modo de arejar sua vida intelectual. Tinha tentado convencê-la com todos os argumentos possíveis. Que ela adoraria esta ou aquela cidade...

Mas a verdade era que Renata não pensava em *dar um tempo* no ritmo de trabalho, nem agora, nem tão cedo. Depois daqueles anos prematuros dedicados à maternidade, ela sentia que estava constantemente atrasada. A mera palavra "tempo" chegava a lhe causar mal-estar. Retesava como se tivesse pensado em uma coisa nojenta. Pior que isso, julgava inconcebível a ideia de que Tito quisesse se esquivar da posição que tinha. Ao tratar do assunto, encarava-o como encararia um hippie ou um beatnik que tivesse viajado no tempo e se alocado ali. Na sala que ela mesma projetara sob o conceito de móveis leves e retráteis, lá estava seu marido com uma estanque e férrea romantização de intercâmbios. Podiam ir para Paris, ele dizia. Podiam viver como os Hemingway tinham vivido.

— Na pobreza extrema?

Renata ria, mas Tito argumentava.

— Não, Renata. Tomando vinho. Conversando com pessoas interessantes, vendo coisas novas, uma língua nova...

Renata tentava fazer por menos, ironizar, ignorar, até que explodia:

— Tito, eu realmente não consigo achar boa ideia a gente jogar tudo pro alto nesta etapa da nossa vida.

Ou:

— Tito, eu preciso mesmo terminar esse projeto até amanhã ou vou ficar com cara de cu na reunião.

Ou ainda:

— Como é que tu pensa em viajar agora, Tito? Sério? Acabei de abrir uma empresa. Tu tem ideia da complicação que é viajar com uma criança de oito anos? Faz ideia da complicação que seria tirar uma menina do colégio sem nenhum motivo legítimo pra ficar zanzando com ela pelo mundo? E o tanto que a gente ia ficar preso por causa disso? E se ela adoece? Não é assim, meu amor. Eu não quero virar a Hadley Hemingway. A propósito, e tua carreira na TV?

A carreira na TV. Ela sempre voltava a isso.

Em sua luta para se estabelecer como arquiteta, Renata acreditava que uma posição como a dele, conquistada a tão duras penas, certamente não poderia mais ser abandonada.

Agora que tinha desencavado uma viagem, enquanto arrumava a mala, ele pensou nesse "à merda". Não queria mandar o casamento à merda, o tempo com a filha à merda...

Diferente de você, ele teria dito se ela ainda estivesse comprando essa briga.

Não estava. Recusou-se até a se despedir. Clarinha dormia, não o vira sair de casa. Não queria mandar o casamento à merda. Mas a recíproca talvez não fosse verdadeira.

Nesse instante, um Argos preto vira a esquina. É sua carona.

Se Renata ou Clarinha aparecessem agora e pedissem que ficasse, ele ficaria. O carro se aproxima, a janela se abre e revela Renan — que, ao parar, não desliga o motor e faz "tsc, tsc", como se Tito fosse uma criança fugindo com uma trouxa amarrada em um cabo de vassoura.

— A hora de desistir é agora — completa.

Mas, em vez de desistir, Tito tranca o portão e joga as chaves por cima muro da casa.

Seguem a coreografia: Renan abre o bagageiro e ajuda com as malas.

— Certo. Vamos lá — Renan fala, recolhendo a alça do carrinho —, vamos dar prosseguimento ao seu plano normalíssimo.

CAPÍTULO DOIS

Na noite em que o nome Norwich veio à baila, três meses antes, ele falou sobre o assunto com Renan, em uma pelada de tênis. E Renan fizera questão de segurar a bola e rir, demonstrando a seu próprio modo o quanto a ideia lhe parecia imbecil.

— Deixa eu ver... — Encenou uma reflexão profunda. — Tu tá querendo pegar um avião, cruzar o Atlântico... assim, como quem não quer nada, pra sair perguntando se alguém conhece um tal de Daniel Peach nessa... Como é que é mesmo o nome da cidade? É tipo "nada de bruxas"?

Ele foi para o fundo da quadra, negando com a cabeça e arfando.

— Não é "Not-witch", é Norwich, Nor-ish... — disse ele.

Tirou do bolso uma bola nova, mostrou-a no ar e, embora Renan não tenha se preparado, lançou o *toss*, sacou fechado e válido. Mas Renan não se moveu. A bola quicou torto em um buraco do saibro malcuidado até morrer no canto da quadra adversária.

Tito escorou a raquete no chão. Renan abraçou a dele.

— Ora, não é tão ruim. Parece que é a mais bem conservada cidade Tudor na Inglaterra...

— Ah, bem, se é a mais bem conservada cidade Tudor... — continuou Renan, irônico. — Então é um plano normalíssimo. Certo.

Foi Renan quem começou a recolher as bolas com mais ímpeto que o normal e enfiá-las de qualquer jeito na mochila, e depois se virou para Tito.

— Tu tá vendo que tem golpe aí, né? Não preciso desenhar. Vão só tirar teu dinheiro.

Mas ele deu de ombros, como se não se importasse.

Seu pensamento era: quanto você não pagaria para ter a resposta certa? Aquela que provavelmente desenguiçaria o resto de sua vida?

*

26 de maio de 2000. O dia do futebol no campinho

Sou da opinião de que nunca é fácil rastrear o começo de uma história. E esta que vamos encontrar aqui, por exemplo, poderia se iniciar de diferentes maneiras: pela volta às aulas no ano 2000, pelo início súbito das cheias do rio, ou podia ir ainda pra mais longe, em 1999, no ponto em que as irmãs Giácomo chegaram à cidade.

Contudo, acabamos concordando — a equipe de meninos que me ajudaram a reconstituir os eventos e eu — que não seria tão arbitrário se começássemos pela partida de futebol no campinho. Eu mesmo, só de pensar nas irmãs Giácomo, já me vejo, no tempo e no espaço, transplantado àquela cena.

— Toca a bola, carai!

Minha garganta arde, ainda, de tanto me esgoelar naquele jogo. Era uma tarde seca e, no ponto que nos interessa (devia passar das cinco horas), a aula das meninas já tinha acabado. Elas haviam se instalado, como sempre, em grupinhos, na arquibancada de concreto.

— Toquem. Essa merda. Dessa bola.

E lá estavam as irmãs Giácomo. Ou, como vemos agora, lá estavam seus olhares e o poder desfragmentador deles. O placar não saía do zero a zero. Cada menino tinha decidido por conta própria jogar como atacante só pra impressioná-las. Até os goleiros tentavam chutar pro gol. Apenas um menino não se preocupava com isso.

Se essa fosse a história que eu gostaria de contar, se fosse só minha, eu usaria o poder de narrador que tenho e tomaria a liberdade de me situar nessa posição ou nesse papel. Eu poderia deixar a história acontecer como se eu fosse o centro dela e, no fim, que diferença faria? É só um ponto de vista. Mas hoje, passando tudo a limpo, tantos anos depois, vejo que, se eu gritava, era porque, nesse trecho congelado de tempo, sou o mais desesperado de todos.

Pra tudo o que será descrito a seguir, vamos precisar nos afastar desse momento particular e explicar algumas coisas. Primeiro: onde tudo isso aconteceu?

1) O Colégio Sagrado Coração havia se mudado recentemente pro prédio novo, ali perto da fábrica de velas. Era um bairro ainda ermo, de chão batido, com poucos postes na rua, muito mato se alastrando ao redor e crescendo ao longo das paredes.

2) Eram os primeiros meses dos anos 2000. Ainda pairava no ar todo aquele clima otimista da errônea chegada de um novo milênio e da sobrevivência às profecias de Nostradamus.

(Todo mundo achava que seria o começo, mas na verdade era apenas o fim.)

3) Quando as aulas começaram, as obras do colégio ainda não haviam sido concluídas. E o que era pra ser um colégio novo e reluzente, com infraestrutura digna de filme americano (biblioteca, salas de informática, campo de grama, de futsal, piscina), era na verdade uma porção de grandes blocos de cimento não rebocado. Nos fundos da cantina, ainda havia pilhas abandonadas de material de construção. A impressão que dava era que tudo tinha sido meio que concluído às pressas. E aqui vale a mesma metáfora do copo meio vazio ou meio cheio. Você pode olhar pra toda essa estrutura nua e pensar na esperança do futuro. Mas pode também apenas pensar no fracasso puro e simples.

4) A escola tinha esse monte de gambiarras, como escadas desembocando em lugar nenhum, portas que começavam muito longe do chão, janelas que davam pra corredores, dutos vazios de ar-condicionado e salas em que não cabia uma pessoa de um metro e oitenta. É óbvio que eu não via isso na época, mas vejo agora, claramente, quando olho as fotos da nossa coleção. Acredite, o tanto que aquele colégio era surreal não é uma informação inútil. Pois:

4.i) Ainda no tópico "obras não concluídas", chegamos ao campinho de futebol. Se eles tivessem terminado tudo e feito a quadra poliesportiva já coberta, não precisariam ter mudado o horário da educação física pra tarde. Não teria acontecido esse fenômeno que fez todo mundo querer se livrar da aula por meio de atestados médicos e desportos extracurriculares. (Nunca houve numa escola tanta gente alegando asma, malformações vasculares e doenças crônicas de toda ordem. Livrar-se da educação física tinha virado o novo escapar de servir ao Exército.) Mas não queremos ir muito adiante nessa lembrança porque, se formos por aí, vamos recordar que, se a educação física não tivesse ido pra tarde, certas amizades não teriam se rompido, outras não teriam começado. Se formos mesmo acrescentando elos a essa cadeia, vamos acabar dizendo que, se a quadra estivesse coberta, as irmãs Giácomo ainda estariam vivas.

E eu não quero dizer isso. Realmente não quero.

Isso nos lança de volta ao tópico "colégio surreal".

5) Porque, pra vencer a deserção em massa, os pedagogos instituíram aulas teóricas de educação física. Sim, leia de novo, aulas teóricas de educação física. Agora tente imaginar isso na prática: alunos brutamontes sentados em carteiras, copiando da lousa, escrevendo, lendo, decorando tabelas de gasto calórico e fazendo provas dissertativas sobre "os fundamentos do futsal". (Foi uma saída genial, se você pensar do ponto de vista do diretor, o sr. Carlos Honesto — isso mesmo, era esse o sobrenome —, que riu por último e se declarou vitorioso. "Quero ver se livrarem dessa.") Sei que parece que estou inventando todas essas coisas, que estou inventando o sr. Carlos Honesto e que não é possível um diretor de colégio levar a preguiça dos seus alunos tão a sério a ponto de pagar um professor a mais só pra dar lição de vida nuns trinta preguiçosos.

Mas é bem disso que estou falando, entende? Esse é o tópico "colégio surreal".

E onde? Em que lugar foi tudo isso?

Cidade do interior. Oito mil habitantes. Todo mundo se conhece. Uma comunidade real criada à base de muito empréstimo de ferramenta e xícaras de açúcar entre vizinhos. Nenhum prédio, escada rolante ou elevador. É nesse tipo de cidade que uma família idealista, a do sr. Carlos Honesto, resolve construir uma escola num bairro ermo perto do rio. Um lugar que ensinasse mais que matemática e biologia. Que pregasse um código de honra misturando A república, *de Platão, com o movimento católico carismático. Intelecto, ginástica e um monte de salve-rainhas. Um ritual atrás do outro e atrás do outro e atrás do outro.*

6) Tudo foi um grande efeito cascata: amizades se desfizeram, outras (improváveis) começaram, os alunos certinhos entraram pro time de futebol, enquanto os bons de bola assistiam pela janela. Isso finalmente nos leva ao início desta história toda. Se num mundo normal, eu, Tito, não passaria de um jogador medíocre com uma ligeira incapacidade de mentir ("Atesto, para os devidos fins, que Tito Arantes Limeira está apto à prática de educação física"), no colégio surreal eu tinha virado um atacante legítimo, camisa dez do time, capaz de, numa boa fase, impressionar a menina mais bonita da escola.

— Passa. A. Porra. Da...

Do outro lado, dominando a bola, com uma camiseta sem número e uma cara de puro escárnio, estava Daniel.

Pra começo de conversa, Daniel nem deveria estar jogando conosco, já que, como eu disse antes, não era aluno regular do colégio. Não podia fazer parte do time. Mas sempre que ele surgia perigosamente desocupado nos arredores da área de lazer, nosso professor de educação física, Sebastião, assoviava pra ele, todo encorajador, chamando-o com a mão como quem diz: quer entrar?

E é por isso que esse momento do futebol é emblemático. Porque, no fim, como tudo o que dizia respeito ao gringo, sempre havia a contradição dos adultos. Ao mesmo tempo que se via alguns se benzendo enquanto Daniel passava, por outro lado também havia aqueles que achavam os boatos exagerados: a iluminação da igreja já era velha, o cachorro do dr. Fantão podia ter sido envenenado por qualquer um, e pelo amor de Deus, era só um garoto que precisava gastar energia.

Eles o viam pelo que Daniel era no aeroporto: um menor desacompanhado.

Mas, pra você ter uma ideia do problema que "o garoto" representava, bastaria dizer que, só naquela tarde, ele, da sua posição de zagueiro, já tinha impedido não apenas nosso time, mas também o dele próprio de fazer gol tantas vezes que, como resultado, se alinhassem todos nós, se veria uma porção de meninos meio encolhidos de dor, lanhados, sujos e esfolados como membros de um pelotão perdedor.

À exceção de Leocádio, o único esportista nato que era também decente o bastante pra não mentir no atestado médico. Era ele quem bancava, sempre que Daniel estava por perto, o papel de macho alfa da alcateia. Sem o monitoramento dos professores, o futebol de Daniel ia de eficiente ao francamente sociopata. E, mesmo com sua camisa nove, foi Leocádio quem abriu mão da bola. Quando o escanteio foi marcado pro nosso lado, ele me mandou um olhar encorajador, sinalizou que Rato Branco, nosso canhoto mais incansável, estava livre. Tudo que eu tinha a fazer era acertar a tabela e fazer o gol redentor. E eu estava pronto pra isso. Sinalizei de acordo. Então, o jogo rolando, Leocádio mandou a bola que Renan deixou passar e eu matei com o joelho, corri com ela vendo todo o plano dar certo, quando Daniel veio pra cima, tirou a bola dos meus pés, me derrubou no chão, tocou pro Luís Pereira... E... não sei o que dizer. Eu me levantei num salto, não tinha pra quem pedir falta, o contra-ataque já seguia do outro lado. Sem nenhuma bola em jogo, sem que nenhum dos meninos me desse atenção, eu simplesmente fui empurrar o gringo, que estava então de costas pra mim, o que já não era a atitude mais esportiva do mundo. Mas ele se virou de frente, na hora.

E a próxima coisa de que me lembro é ver a bola rolando sozinha. Um silêncio obscuro começou a se propagar em arcos. As meninas que estavam indo embora estancaram, olhando umas pras outras. Quando olhei pro Daniel, o nariz dele sangrava. Ele passou a mão no rosto pra conferir, e o mais doentio foi o que veio a seguir: ele riu.

— Isso foi o que eu tô pensando que foi?

Não respondi. O que ele estava achando que tinha sido? O que tinha acontecido? Desviei a vista pro chão como se tentasse entender o que estava acontecendo.

— Tu quer... brigar?! Logo tu?!

Ele se voltou pra mim. Riu satisfeitíssimo. E devo ter demorado tempo demais juntando as peças que me levariam à resposta. Porque, do nada, uma menina magra e alta de cabelos pretos, que eu nem tinha reparado que estava por ali, se materializou entre nós, apartando o andamento de algo que me parecia mais sombrio que uma briga comum de jogo.

— Ei, ei... Parou. Parou.

É aqui que entra a personagem mais importante desta história. Foi por isso que todos concordamos em destacar este momento. Fernanda Arantes Araújo era uma menina bonita, mas era também minha prima, presidente do grêmio, falava com confiança. Sabia se fazer ouvir.

— Parou, senão vai sobrar pra mim.

Era indubitavelmente mais corajosa que todos os meninos, que apenas ficaram parados e espantados vendo sua defesa.

— A mão dele bateu sem querer — ela disse, diplomática.

— Ele só ia te chamar a atenção pelas costas.

E Daniel ouviu. Ouviu e me devolveu a questão.

— É verdade? Pelas costas?

Eu não me mexi. Ele seguiu.

— Vem. Faz na cara, se for homem.

Queria ter partido pra cima dele. Queria ter brigado fisicamente com Daniel. Mas, quando o sentimento de raiva passa, quando você é convocado a decidir, racionalmente, se vai ou não vai entrar numa briga, uma série de questões começa a pipocar na sua cabeça: quanto efetivamente será que dói um murro? Quanta habilidade de fato eu teria de golpeá-lo? Eu me sentia como no jogo do encantado, incapaz de me mexer. E isso talvez também fosse efeito do olhar das irmãs Giácomo.

Acabou que ele decidiu sozinho.

— Tá fodido — ele falou, divertindo-se como quem sabe exatamente o que vai fazer em seguida. — Vai acabar apanhando de uma forma ou de outra.

As pessoas caminharam, se dissiparam. Fernanda estava levando a bola embora pra sala dos professores.

Não sei dizer quanto tempo fiquei ali tentando entender o que naquela ameaça me parecia tão sinistro. O que sei é que uma hora a própria sombra havia sumido. O colégio estava deserto, a força do olhar das Giácomo tinha me abandonado e no lugar ficara apenas uma fadiga, as dores musculares e Renan, que foi quem veio me desencantar.

— Você percebeu o português do gringo?

E sim, era isso. Esse era o sinistro que eu não sabia nomear. Como se alguma lei da física tivesse sido revogada, a única certeza que tínhamos sobre Daniel — que ele não falava português — acabava de cair por terra.

— Mermão, se eu fosse você, véi... cuidava de não andar mais por aí sozinho.

E daí começou a primeira chuva.

CAPÍTULO TRÊS

A missão nunca fez muito sucesso entre os amigos. Mas Renan foi, entre todos, quem fez um esforço maior para escutar. Tinha feito esse esforço desde o início, quando a ideia de sair sem rumo, viajar para a Europa, ainda não estava totalmente formatada. Francês com gastronomia? Um curso de espanhol com degustação de vinhos?

— Tu tá é ficando igual ao Felipe.

Corriam na praia, no meio de um treino regenerativo. Renan pelo jeito estava com o fôlego melhor que o de Tito, porque fez um longo discurso sobre a insatisfação crônica de Felipe.

— Tá sabendo não? Agora o bicho adicionou mais um remédio pra lista... E veja que pelo menos ele tinha um motivo.

— Ah, e eu não tenho?

Na verdade, Tito tinha duas ou três coisinhas a dizer a respeito de seu tão comentado sucesso. Primeiro, que isso de ser um jornalista famoso não era exatamente bom, era apenas cansativo, era apenas tumultuado. Ele fazia reportagens especiais para a TV desde 2016, tinha de ficar viajando de um canto a outro do país, carregando muito peso, improvisando textos em dois minutos. Memorizava parágrafos, dizia-os para a câmera e sentia-se exausto. Todos os dias já acordava cansado, não importava mais o quanto dormisse.

— Tu sabe que isso é só tédio, né? — Renan continuou, irredutível. — Acha que eu também não tenho vontade de jogar tudo pro alto e... sei lá, desenhar video games? Tentar outra vida? Todo mundo pensa essa merda, otário.

Mas Tito duvidava muito que ele de fato pensasse isso. Era apenas um mecanismo retórico. Renan era o tipo de pessoa que ia até o fim de tudo. Mesmo no trabalho, como assessor jurídico, ele ia até o limite para ajudar gente desconhecida quando nem era função dele. Envolvia-se tanto com os casos que chegavam à sua vara que acabava chorando em casa por causa de uma guarda de incapaz, da tragédia imensa que era a vida das pessoas. Trabalhava em um fórum cercado de gente elegante e mesmo assim seus sapatos só eram trocados quando chegavam a um ponto tão imprestável que nem para caridade serviam mais. Ele era, de longe, a pessoa mais íntegra que Tito já tinha conhecido. No sentido literal, mesmo, de se manter inteiro. Intacto e bruto. Não abria mão de nada, de nenhum aspecto dele mesmo, nem dos defeitos. E ia tirar sarro de Tito até a morte por ele ter aberto mão do próprio sotaque em prol da carreira televisiva.

— Areja as ideias aqui mesmo, fresco. Tu é muito novo pra ficar nessa pilha de "agora ou nunca". Aliás, a gente é muito novo.

Mas claro que, caso Renan não tivesse percebido, Tito tinha diminuído o *pace* para seis minutos por quilômetro e não era mais tão novo assim. Aliás, na linhagem da qual descendia, o pai, o avô, o bisavô, nunca nenhum Limeira tinha conseguido chegar a mais de cinquenta anos de vida, e, por mais que Tito se esforçasse com dieta e esportes, todos vinham de fábrica com os mesmos defeitos genéticos. Aos trinta e cinco, já era provável que tivesse mais vida para trás do que pela frente. E se olhasse a família dos Arantes? "A gente é muito novo, ainda." A frase ecoou em sua cabeça. Ele parou a corrida, exausto. Disse que já deu. Ia pegar um Uber para casa e foi isso que fez. Muito mais vida para trás do que pela frente — pensou nisso enquanto esperava o carro. Se Renan não via o que isso significava, era porque talvez estivesse mais em negação do que ele mesmo.

*

3 de março de 2005

Na tarde em que Fernanda Arantes Araújo, minha prima, finalmente acertou a mão no suicídio, ela já estava com vinte anos e ninguém se lembrava mais da garota brilhante que tinha sido quando estava no colégio. As brigas que ela apartou em jogos de futebol, as conciliações difíceis entre meninos e meninas. Seus boletins lotados de notas dez ou o mural no seu quarto com fotos de Paris, Londres, Amsterdã. As reportagens que cobriram o caso pegavam sempre pelo viés de "corpo encontrado" — imprensa pequena e portais do interior —, falavam acima de tudo sobre a casa: um prédio desses de herdeiros, que já vinha dando dor de cabeça a muitos dos vizinhos por causa das incontáveis invasões. "Tinha gente usando droga lá dentro", disseram. "Um dia ia acabar dando nisso."

Ninguém mencionava na matéria que ali morria a única testemunha confirmada da tarde que tinha vitimado as irmãs

Giácomo. O mais perto que chegaram disso foi dizer: "Era uma jovem complicada". Ou: "Tinha histórico com drogas desde os tempos do colégio".

Desde o fim do colégio seria um jeito mais exato de sugerir que aquilo era o ato final, um epílogo, de mortes que já tinham acontecido perto dali muito tempo antes.

Este relato deveria ter se chamado "Irmãs Giácomo" ou "Crimes contra a juventude cometidos por ela mesma". Mas ia ficar um título comprido e, no fim das contas, quando comecei a reportá-lo me deparei com esse "nós". Quem éramos nós? O que pensávamos? Como nos sentíamos? Por que fomos adiante, apesar das mortes? E não pude deixar de pensar em Fernanda, que deveria ter sido retratada não como uma jovem problemática que vai a um prédio abandonado pra conseguir se matar em paz, mas num momento melhor, como apenas nós a conhecemos.

*

O assunto "Tito querendo tirar um sabático" ou "Tito com crise de meia-idade" não morreu, é claro que não ia morrer em uma única conversa com Renan. E o tema voltou à baila em tom de zombaria no café do shopping ao som de "Jingle Bell Rock". Renan, Tito e Felipe eram um trio e sempre se encontravam ali às quintas-feiras, entre o plantão e a reunião de pauta semanal.

— Isso que tu quer fazer tem muitos nomes — Renan alegou. — Sabático, crise de meia-idade ou obediência à propaganda. Do que tu prefere chamar? Quem tu acha que enfiou nessa cabeça que viagens transformam vidas? Viagens são só deslocamento. Quer aprender um idioma? Por que não pega um livro, se tranca numa biblioteca pública?

Felipe também opinou. O que Tito devia fazer, segundo ele, se queria correr riscos, era investir essa grana em ações. E, se não queria os riscos, meu Deus, melhor ainda: o Brasil era o país dos juros altos, paraíso dos investidores em títulos públicos. Se deixasse os juros compostos trabalharem por ele, em dez anos poderia fazer essa mesma viagem sem nem mexer no dinheiro investido, usando apenas os dividendos.

— Certo, e a saúde que eu tenho agora? Os dividendos também vão multiplicar?

— Ah, velho. Sei lá. — Ele olhava de cima a baixo. — Essa pressa é coisa da fase. Passa logo. Eu fiquei assim também. A Clarinha tá com quantos anos? Cinco? Sete?

Clarinha tinha oito. E Felipe não era tão mais velho que os outros dois. Pelo menos não na idade. Talvez no cansaço, nas manias, nas doenças, preocupações... Ao longo da vida, todo mundo conhece alguém que parece ter nascido adulto. Felipe era pior que isso: o tipo de pessoa que já nasce caquética. Dava para imaginá-lo se queixando *dessa juventude de hoje* aos cinco anos. Aos quarenta e três, ele tinha taxas preocupantes de tri-glicerídeos, pressão alta. Felipe já tinha passado antes por tudo que acontecia na vida de qualquer um.

— Eu tive esse mesmo surto de querer mandar o jorna-lismo à merda, escrever um romance. Comprei Moleskine de cem conto pra tomar notas, ficava achando que eu talvez fosse um gênio que não tinha explorado meu potencial.

— Mas eu...

— Foi na época do impresso, também. Tu lembra. O casa-mento tava tranquilo, a criança tava crescida... Aí parece que a vida pede um sentido maior.

— Felipe...

— E aí sabe o que aconteceu, meu amiguinho? Jornal que fechou do nada, a Kaline engravidou da Mavi. Precisei me virar, arranjar outro emprego, mudar de apartamento, e quando me dei conta, puf. Todas aquelas ambições artísticas tinham sumido. E que bom!, porque hoje eu percebo que, na verdade, nem tenho vocação pra essa coisa mais sonhadora, idealista. Não faço ideia do que eu tava pensando. Minha vocação era esta, mesmo. Sempre foi. Ser editor de reportagem. É só uma fase, tu vai ver. Logo descobre que a coisa que tu tinha que ser, teu verdadeiro talento, é aquilo que tu já é: um repórter que cobre as histórias que os outros não querem.

Felipe, quando estava com trinta e nove, tinha entrado num ciclo de ansiedade e *burnout* tão catastrófico que só à base de muito citalopram e benzodiazepínico voltou aos eixos. Quando a pior fase estava superada, passou a agir como se nada daquilo tivesse acontecido de verdade. Como se sua mulher não houvesse aguentado sozinha todo o tranco das crianças pequenas, como se não tivesse precisado vender um dos carros... Era verdade que ultimamente andava trabalhando muito bem como editor do caderno especial, com o iPad sempre a postos para edições de última hora e correndo na esteira diariamente... Mas todo mundo sentia um pouco de medo por Felipe, como se essa fase estável fosse apenas a cena de abertura da parte dois de um filme de terror. Como se qualquer coisa pudesse quebrá-lo e o mal fosse voltar a se apossar dele, e bastaria, para isso, que ele olhasse na direção errada.

Tito ainda se lembrava de uma noite em específico. Ganhara o prêmio havia pouco e Felipe estava dando o chá de fralda da Mavi. Os dois ficaram sozinhos vendo filmes. Kaline foi dormir, os outros convidados já tinham ido embora. Então Felipe, muito bêbado, chamou Tito para sair e pegar umas putas na orla. No começo, Tito achou que ele estivesse de brincadeira, mas depois viu que não. Felipe, envergonhado, pareceu encarnar uma personalidade sombria.

— Tito Limeira... — ele disse, de cabeça baixa, fazendo uma voz sinistra — Ganhou um Jabuti. Grande bosta.

Então o encarou e seguiu:

— Eu às vezes tenho vontade de chorar quando olho pra tu, sabia? "Quanto mais alto o voo, maior a queda..."

Ele começou a chorar, e Tito acabou por convencê-lo a dormir. Quem não conseguiu dormir foi Tito que, ao chegar à própria casa, passou a noite em claro olhando para o teto.

Sem saber exatamente por quê, começou a revirar uma caixa velha que guardava na parte de trás da estante. Cigarros mofados, camisas de uniforme escolar cheias de assinaturas, polaroides desbotadas e um caderno espiralado, velho, com a cara da Ana Paula Arósio na capa. Antes de abrir, pensou naquela personagem bíblica que tinha virado uma estátua de sal.

Mas, no fim, abriu assim mesmo. Ele entendia de estátuas de sal melhor que ninguém.

CAPÍTULO QUATRO

Junho de 1999

As irmãs Giácomo chegaram à cidade quando eu ainda estava na sétima série. Pra entender isso, é preciso ter em mente que, naquela época sem internet, sem smartphones, as dinâmicas familiares gravitavam em torno das fontes legais de dopamina: cigarro, sinuca, fofoca, novela... Nesse painel, havia os bares onde, durante a noite, se reuniam quase exclusivamente homens de meia-idade. E esses mesmos estabelecimentos, durante o dia, faziam vezes de bodega, vendendo quebra-queixo, leite, maledicência, racismo e homofobia.

Esses lugares eram um banco de dados vivo sobre qualquer cidadão. O que era dito à noite, pelo marido bêbado da vizinha, de manhã estaria na mesa junto com meia dúzia de ovos frescos. As informações passavam entre leiteiras de alumínio. Só na rua da minha casa, no ponto mais alto da cidade, havia três estabelecimentos desse tipo. E o que interessa nesta história ficava contíguo a um terreno baldio, com um portão de ferro pintado com uma propaganda da Rayovac e uma placa na calçada que indicava: "Bar do Naldo".

Era lá que minha mãe me mandava ir pra comprar um pacote de cigarros no meio da tarde, sempre antes de meu pai chegar em casa.

— Por que a Jussara não vai?

— Você sabe por quê, Rodrigo. Não é lugar pra menina.

— Mas a parte do bar ainda nem abriu.

— Só faz o que eu tô mandando.

Atravessei a rua. A porta de metal estava baixada até a metade pra rebater o sol das três horas. E o som da novela da tarde ecoava até lá fora misturado a um zunido de ventilador e uma cantoria infantil, "nessa rua, nessa rua tem um bosque...". Um perfume almiscarado vazava como incenso, "que se chama, que se chama solidão...". Eu me abaixei pra espiar, "dentro dele, dentro dele", e achei Carinna Giácomo. Ela estava sentada numa daquelas cadeiras brancas da Antarctica, os pés descalços, apoiados na parede, e balançava a cadeira em dois apoios enquanto lia, com muito interesse, mexendo os lábios, uma edição antiga da revista Carícia *("PREPARE-SE PARA SER MODELO"). A cantiga continuava. E sustentava: "que roubou, que roubou meu coração". O vento, então, bateu nela. Seus cabelos vermelhos e lisos esvoaçaram. Hesitei. Eu estava sem camisa. Bem nesse instante, ela registrou minha presença sem nem sequer pôr os olhos em mim.*

— Cleide! — Sem tirar os olhos da revista. — Ô, Cleide, tem freguês aí.

A cantoria parou.

Cleide pôs a cabeça pra fora de uma cortina de miçanga, sorriu com seu rosto magrinho e veio com uma fralda no ombro. Fui em frente. Vi, então, dois pés femininos balançando pro alto, também descalços, com as unhas pintadas de lilás. Era Giulianna brincando com a bebê da Cleide. Chegamos juntos ao balcão, Cleide e eu. Ela ergueu as sobrancelhas como se o gesto fosse uma pergunta de o que é que vai querer desta vez, meu anjo.

— Quem são elas?

Ela olhou pra trás com naturalidade. Carinna voltou a se reclinar junto com a cadeira.

— Quem? As sobrinhas de Naldo?

Só depois olhou pra mim e mandou um sorrisinho maroto, como se estivesse reconhecendo o que vinha por trás daquela curiosidade disfarçada de educação. Pôs as duas mãos na cintura e inclinou a cabeça, me fazendo lembrar do motivo de eu estar ali. A bebê dela chorou, fazendo Carinna sair da sua posição alheada e firmar os quatro pés da cadeira no chão. Lá dentro, Giulianna logo acalmou a bebê com "shhh, shhh", pôs a chupeta na boca dela e continuou a cantoria: "Se essa rua, se essa rua...".

— Dois maços de Derby Suave — foi o que eu disse.

— Hmm... Seu pai, fumando o suave?

Carinna revirou os olhos.

— Sim. Parou de beber e tá parando de fumar — respondi num fôlego só e saí dali o mais rápido que deu. Pensando e fazendo a mim mesmo a promessa de nunca mais ir ao bar do Naldo sem ter tomado banho.

*

Foi em meados de janeiro que Tito começou a ter episódios de despersonalização. Foi tão repentino como quando, em um filme, um figurante desastrado olha para a câmera e arruína toda a experiência. No caso de Tito, ele passou a sentir que as anilhas, na academia, tinham o peso muito diferente da noite anterior, que suas roupas no armário haviam encolhido. E, para piorar, não havia ninguém para quem pudesse apontar o dedo com insatisfação e dizer: "Isso vai mal". Muito pelo contrário. A carreira tinha chegado a seu melhor momento, o livro ia entrar na quinta reimpressão, as matérias que fazia saíam papando todos os prêmios de reportagem. O problema era que quanto mais as coisas davam certo, mais ele sentia que nada do que tinha era o que queria, e nada do que queria estava no menu de opções. Foi uma fase que carinhosamente apelidou de "The Cypher Moment", por causa do personagem de *Matrix*. Talvez estivesse entediado mesmo, precisando de novas reportagens, mais controversas, mais perigosas...

Até que veio o jantar de inauguração da empresa de Renata, Zeugma Móveis. E ele pôde ver de longe sua própria mulher alegrinha. Estava especialmente bonita, com os cabelos lisos e recém-cortados. Parecia ser a jovem promissora e sagaz de quando a havia conhecido, pronta para dominar o mundo.

Claro que a festa de lançamento tinha sido um sucesso, na medida que pode ser um sucesso a inauguração de um escritório de design em uma cidade como João Pessoa. Os portais mandaram fotografar, os colunistas sociais enviaram os estagiários.

— Foi tudo que você esperava?

Ela deu de ombros. Não estava esperando nada específico. E ele, que teve de segurar sua infelicidade ao longo de toda a noite, disse:

— Tô com medo de você se decepcionar...

Se alguém perguntasse, ele diria que estava tentando adverti-la que o mais decepcionante da vida não é que coisas boas não acontecem. Elas acontecem cedo ou tarde... Mas nem sempre são o que a gente esperava. Renata, de sua parte, tentava sustentar seu otimismo com todas as vigas necessárias. Flanando com sua taça pela copa, discursou:

— Veja, é assim mesmo — ela disse enquanto Tito servia.

— Os sonhos, quando se realizam, são um pouco menos... menos brilhantes, com cores menos vivas. — Como arquiteta, ela devia estar falando aquilo com algum conhecimento de causa. Continuou: — Deixar as coisas no papel também não satisfaz ninguém por muito tempo. É preciso ver pronto.

Renata era boa em dar esses discursos motivacionais, mas estava enganada daquela vez. Olhando agora, tão bem-vestida, os cabelos arrumados em um salão... Ele sentia uma inexplicável tristeza. Chegava a desconfiar de que Renata estava fingindo ou exagerando a própria alegria só para contrariá-lo. Tito queria que ela admitisse, ao menos um pouquinho, que um lançamento (e todos aqueles fotógrafos) é mais acachapante que bom. Que trabalhar cansa, mesmo quando o trabalho deveria ser cheio de propósito.

— Tem certeza de que não sente falta do entusiasmo de antes? — Ele tentou uma última vez. — Quando a gente ainda não tinha conseguido nada e não tinha nada a perder? Até as bebidas pareciam melhores.

Mas claro que ela não concordava.

— Acredita em mim. Eu *tô* entusiasmada. Eu *ainda* não cheguei lá. E as bebidas não eram melhores.

No fim, ela resolveu pôr uma música no computador. Quem visse a cena de longe enxergaria apenas uma mulher escolhendo, alegre, uma *playlist*.

Mas, se chegássemos bem perto, decerto veríamos que os olhos dela estavam abertos demais, que aquilo em sua boca não era um sorriso verdadeiro. E Tito falhara, mais uma vez, na tentativa de ser uma pessoa normal por uma noite.

*

As irmãs Giácomo — ou ruivas Giácomo, como ficaram conhecidas — eram Giulianna e Carinna, e tinham, respectivamente, dezesseis e quinze anos. Eram filhas do irmão do Naldo, um militar que viera transferido pra Santa Rita. Tudo que posso dizer é que, no inverno de 2000, eu já estava tão apaixonado pela Carinna quanto é possível um menino de quinze anos estar. E isso era muito. E que elas morreram afogadas, as duas, no rio que cortava a cidade, ainda vestidas com a farda da educação física.

Uma coisa que eu mesmo posso testemunhar é que, no dia seguinte ao afogamento, Fernanda apareceu na escola com torcicolo. No segundo horário, os lugares de Carinna e Giulianna ainda estavam vazios na sala de aula.

Então o diretor, o sr. Carlos Honesto, bateu à porta. Era aula de português e a professora Domitila foi até lá. Ele entrou, e acho que eu nunca tinha visto um adulto tão desolado.

— Infelizmente, oitava série, a notícia que trago hoje é a mais triste que eu...

Fernanda parou de escrever. Deteve o olhar em algum ponto neutro mais adiante. Parecia muito calma pra quem olhava de frente, mas da diagonal, de onde eu a via, dava pra notar seu pé encolhido, como se estivesse apertando os dedos dentro do coturno. Com a mão direita, ela segurou com força o tubo de metal na lateral da cadeira. Parecia que aquilo, e somente aquilo, podia impedir que ela se afogasse também.

— A colega de vocês, Carinna Giácomo, acaba de ser encontrada morta, afogada, no rio da rua de trás... A irmã dela, Giulianna, segue desaparecida. Rezem por ela.

Ele informou que, em respeito à família, a escola entraria de luto naquele dia. Então saiu da sala de cabeça baixa, a expressão arrasada e as mãos pra trás. E foi como se alguém tivesse finalmente autorizado Fernanda a chorar. Ela chorou alto, de um jeito que apenas os bebês fazem. A professora e mais algumas das meninas formaram um círculo em torno dela, um tanto confusas e assustadas, enquanto as outras apenas recolheram seus materiais. Os burburinhos começaram daquele jeito meio espantado. Eu saí olhando pra trás, pro círculo de mulheres e meninas, mas já não era possível vê-la, apenas seus soluços eram audíveis e faziam o prédio todo vibrar num mesmo compasso. Todos os alunos estavam saindo como se fosse um procedimento de emergência pra evacuar. Procurei pelo Daniel em todo o colégio. Ele não estava mais lá.

Com o uniforme e a mochila, segui uma espécie de mutirão que rumava pra rua do rio. Era o mesmo caminho que eu tinha feito no dia anterior, mas agora me sentia atordoado em meio à multidão que avançava sem pressa — todos ainda tinham esperança de encontrar Giulianna e, em meio à horda, eu procurava Daniel, mas não o via. Duas coisas, no entanto, me chamaram a atenção por motivos bem diferentes: a primeira foi Leocádio, vindo num sentido contrário ao nosso (talvez caminhando atrasado pra aula, sem saber da notícia?) e a segunda foi uma das meninas feias, Álida Aquino, que vinha olhando constantemente pra mim naquela semana, mas, naquele dia, apesar de a princípio caminhar na mesma direção que nós, em meio aos pequenos grupos que se empenhavam na busca, ao me ver, desviou o olhar, tomou o caminho da tangente e sumiu como se fugisse de falar comigo.

Sem nenhuma explicação, senti que precisava ver Carinna uma última vez. Torci pra que o corpo ainda estivesse à beira do rio, onde o resgate seguia procurando pela Giulianna. Fui apressado, correndo até lá. Sentia raiva de Daniel, sentia raiva de Fernanda, sentia raiva de Álida simplesmente por estarem vivos quando... quem precisava deles?

Desde antes da sua morte, Carinna já estava destinada a virar uma lenda na minha cabeça. O ideal que estaria a centímetros de mim, a centímetros de todos nós e ao mesmo tempo longe demais do meu alcance, do alcance de qualquer um, desde sempre e pra toda a eternidade.

*

Tito chegou a um ponto que consideraria absurdo em outras épocas: procurar um médico que, segundo sua irmã, havia feito maravilhas pelo estresse dela. O desejo de jogar tudo para o alto já estava virando algo incontornável como uma vontade de mijar, e Tito tentou explicar isso ao médico, dizer que parecia muito equilibrado por fora, mas, por dentro, procurava desesperadamente a rota de fuga. Como sair do salão de festa, como se aliviar?

— Isso é ansiedade — o psiquiatra disse. — Muito comum na sua profissão. — E receitou vinte e cinco, depois cinquenta e afinal cem miligramas de sertralina por dia.

Ele já tinha tido dois episódios que pareciam infarto, mas eram só crises de pânico e, segundo o médico, um sinal de que a sertralina deveria ter entrado em sua vida muito antes. Mas, apesar de tomar o remédio, Tito ainda tentava com todas as forças se convencer de que só precisava de um pouco de paciência. Tomar mais vitaminas. Fazer mais exercício. Começou a correr como um maluco, mas o que acabou acontecendo foi uma lesão de grau dois no tornozelo esquerdo pelo treino em excesso. Por mais que tentasse esquecer a ideia de mudar de país e de vida, também não conseguia ignorar o que o médico lhe dissera. "Ansiedade é um mecanismo de sobrevivência. Mostra que estamos longe do nosso caminho. Em dívida com a gente mesmo." E o que não saía da cabeça de Tito era: se ele acreditava nisso, por que lhe prescrevera remédios para combatê-la? Se seu corpo estava pronto para lutar ou fugir, por que não aproveitar esse impulso? Por que não usar essa grande dádiva da natureza selvagem?

Talvez, Tito pensou, fosse hora de mudar de caderno. E sugeriu a mudança para Felipe, no trabalho:

— E se eu fizesse um negócio meio fait divers pro "Viagem"?

Eles eram praticamente os últimos na redação àquela hora, terminando de descer o caderno e já adiantando a edição do próximo fim de semana. Felipe se virou para Tito.

— Você não vai vir com essa história de novo, né?

E, sim, claro que ele ia.

— Tava pensando na Inglaterra...

Ele mentiu. Não estava pensando em nada, e a palavra Inglaterra pulou de sua boca sem passar pela consciência — talvez apoiado na própria fluência em inglês, no fato de já ter morado uma temporada em Londres uns quinze anos antes.

— Tu sabe que a libra tá a cinco e noventa e cinco?

Sabia. Mas tinha dado sua melhor investida porque precisava se parecer com alguém que sabia exatamente qual era o plano. Insistiu e disse que, por mais que a libra estivesse cara e ele próprio fosse ter de custear a maior parte das despesas, a reportagem teria a seu favor o argumento de que os destinos que mais tinham vendido revista no último ano ficavam no Velho Mundo. Aliás, bastava uma breve folheada nas revistas do segmento e qualquer um veria que os destinos mais apelativos nem sempre eram os mais baratos. O Brasil podia até ser um país em plena crise econômica, mas a lembrança da época das vacas gordas custava a desaparecer da memória das pessoas. A classe média aprendera a viajar na década passada. Aprendera a parcelar em doze vezes. Brasileiros eram os novos estadunidenses, empunhando câmeras e passando vergonha em todo ponto turístico do mundo.

— Bem, o Brexit seria um gancho...

Desta vez, o editor pareceu levar a sério a ideia. Olhou de novo, de relance, para a matéria que Tito redigia no computador antes de irem embora do jornal. Felipe ainda perguntou:

— Por que essa fixação em viajar pra Europa?

Tito não respondeu. Ficou quieto. Felipe já lhe vira fazer pesquisas e reconhecia naquele discurso pretensamente profissional todas as qualidades de uma ideia fixa. Mas Tito deixou sua provocação no vácuo, dizendo que a rua ali era perigosa, sabendo que havia plantado o germe de sua ideia. Saiu tranquilo e, pela primeira vez em muito tempo, não acelerou no caminho de volta para casa.

*

Apenas duas pessoas não compareceram ao velório de Carinna e Giulianna. Uma delas foi Fernanda, que ficou em casa olhando fixamente pra baixo ou pra janela como se rezasse, com as mãos fechadas e os dedos entrelaçados. Sei disso com detalhes pois ainda tenho o depoimento de Leocádio gravado. Ele a visitou antes de ir me encontrar na casa dos Giácomo. E essa talvez tenha sido a única vez que um garoto foi autorizado a entrar no quarto de Fernanda, que ele descreveu apenas como "escuro e com muita, muita madeira". Ele disse que sabia que era indelicado reparar, mas eram os fatos: Fernanda não tinha tomado banho naquele dia.

Nós lhe perguntamos se ela havia mencionado o afogamento em si ou os eventos daquela tarde. Ele disse que não. Que tentou puxar o assunto dizendo que ela havia sido muito corajosa em falar com a polícia. Mas ela não mordeu a isca e questionou:

— Qual era a outra opção?

No velório, todos estavam consternados. Como forma de tributo, aparecemos usando o mesmo uniforme com que elas iriam ser enterradas, o da educação física, no qual o emblema do Sagrado Coração de Jesus vinha junto a uma pira olímpica. A maior parte das meninas, mesmo as que não eram tão chegadas às mortas, chorou e se abraçou com a força de quem, finalmente, estava vivendo uma tragédia de verdade. Seguiriam vidas mais respeitáveis com a bagagem do trauma. Algumas nunca tinham visto uma pessoa morta e mostraram--se bastante frustradas ao deparar com caixões fechados. Eu preferia não ter visto nada daquilo. Havia passado o dia no quarto jogando video game, mas, às três da tarde, meu pai ainda estava sóbrio e apareceu na porta, muito circunspecto, usando roupas sociais, a calça vincada, de pé ao lado da minha mãe. Os dois lançaram olhares compreensivos um pro outro.

Entrei no Corsa sedã e fui, primeiro, dar os pêsames ao sr. Giácomo, que parecia entorpecido e se levantou ao me ver chegar. Alguém, que eu não gravei quem era, me apresentou como "o menino das fotos", se referindo a duas polaroides que eu tinha tirado.

— Obrigado, garoto. — Os lábios dele um pouco queimados das horas no ar-condicionado. — Soube que você está muito empenhado em sustentar a memória das meninas.

— Sr. Giácomo — respondi —, o senhor tem aqui uma promessa: suas filhas não serão esquecidas.

Ele sorriu de canto, como se achasse graça um garoto tão novo fazer uma promessa tão solene.

— Dá sua palavra?

Ele devia estar sendo condescendente, mas eu confirmei e falava sério. E tenho a impressão de que a gente não esquece a primeira promessa séria que faz na vida.

CAPÍTULO CINCO

Se não houvesse mencionado, ao azar, a palavra Inglaterra, talvez as engrenagens não tivessem começado a rodar. Primeiro veio a viagem para o Rio de Janeiro. Tinha de falar sobre a nova temporada do *Investigando* no *Programa do Jô*. A série, que era gravada, ia estrear na próxima segunda-feira e era obrigação de Tito, por contrato, trabalhar na divulgação determinada pela assessoria. O problema era que Tito já participara do *Programa do Jô* antes e a experiência não tinha sido das melhores. O resultado, ele bem se lembrava, fora um desconforto monumental. Ele destoava do clima de descontração, da banda tocando. Todas as respostas eram interrompidas no meio e Tito se sentava longe demais do apresentador, que resolvia, para salvar o clima, fazer piada disso.

Resumindo, aquele era o tipo de trabalho que Tito mais odiava fazer e que sempre o deixava nervoso. Naquele dia, tomou dois comprimidos de relaxante muscular em vez de um. É claro que quem escolhe assistir a esse programa não quer saber da superlotação dos presídios ou das condições sub-humanas de cárceres que não resolvem o problema da violência nas ruas, muito pelo contrário. Relembrando a matéria durante o voo, pensava que poderia explicar essa questão usando a metáfora de um jogo de queimada. Quer dizer: você pensa que eliminou um jogador ao acertar nele a bola e movê-lo para os fundos, mas ele não saiu do jogo. Com habilidade, um time faz jogadas muito melhores cercando o adversário dos dois lados. Desistiu da metáfora por medo de parecer ridículo. Além disso, não tinha certeza se as regras de um jogo de queimada eram as mesmas no Brasil inteiro. Talvez fosse só em Santa Rita que se jogasse assim ou, pior, talvez só as meninas de seu colégio jogassem assim.

Já no táxi, a caminho do Projac, começava a ficar mal--humorado, pensando o tempo todo em como não sabia fazer piadas. Não sabia criar frases espirituosas e curtas. Seu discurso ganhava força sempre em camadas, à medida que empilhava uma sucessão de informações que isoladamente não teriam brilho nenhum. Como efeito colateral, a sertralina, que já vinha tomando com regularidade, deveria deixá-lo mais extrovertido, menos autocentrado, e isso não estava acontecendo. "Ninguém escapa de ser o que é" — a frase lhe veio à mente sem que sequer se lembrasse de onde a tirara. Sim, era justamente por isso que ele havia optado pelo jornalismo, para começo de conversa. Não era apresentador de programa, não era uma celebridade do mundo do entretenimento. Era, antes de tudo, um investigador, e também era justamente por isso que essa vida de repórter na TV não lhe servia mais. Ele não era Caco Barcellos, que tinha se dado tão bem na transição. Ele era Tito Limeira e estava cansado de neutralizar o sotaque diante da câmera para ganhar credibilidade.

Assim, quando Jô disse: "Vem pra cá, Tito Limeira", Tito sentiu-se muito tranquilo vendo os primeiros minutos parecerem horas. Estava convencido de que era exatamente assim que devia ser: silêncios constrangedores, tentativas infrutíferas de fazer a conversa caminhar por temas mais amenos — sua hilária rotina de exercícios, a coleção de lesões, a impossibilidade de viajar sem uma almofada de pescoço —, e tudo já ia se dirigindo para o fracasso quando rodaram um teaser da série de reportagem. Quando a câmera voltou, por fim veio uma pergunta interessante. Jô perguntou: "Como você começou na reportagem, Tito?".

Então, como se a caixa de guardados que mantinha escondida no estúdio tivesse sido reaberta bem ali, ele se lembrou do caderno com a Ana Paula Arósio na capa. Bastante tranquilo, começou a contar a história:

— Com um fracasso.

Todos riram, finalmente. Ele continuou:

— Todo mundo tem duas vidas, Jô.

*

Quando a segunda Giácomo foi tirada da água por uma equipe de paramédicos (era Giulianna dessa vez, aparentemente presa em algum ponto que a mantivera submersa), os rapazes do resgate já sabiam exatamente de quem se tratava por causa do tom de cabelo ruivo. Eles a puxaram pra margem num esforço que, na nossa opinião, era desnecessário, considerando uma garota tão pequena. E o sr. Giácomo esperava, de pé, muito sério, cercado de jornalistas e curiosos, muito composto e quieto.

— Sr. Giácomo, o senhor diria que está arrasado?

Na posição militar de descanso, enquanto a equipe de busca se aproximava, ele não olhava equipe, não olhava menina, não olhava ninguém. Olhava através de todos, como se mirasse a outra margem do rio. Sua mão apertava com muita força o saco preto que envolvia o corpo de Carinna e foi na verdade por causa disso que mantiveram o outro corpo em modo de espera durante todo o resgate.

— Sr. Giácomo, o senhor acha que é sua segunda filha?

Todo aquele trecho da margem estava coalhado de repórteres. Havia fotógrafos com as câmeras apontadas pra ele esperando pra captar a reação do pai em choque, mas, se você olhasse pro rosto dele, veria apenas uma expressão de pura concentração. Por mais que todos os curiosos estivessem cercando o lugar e querendo vê-las, ainda com esperança geral de que bastaria uma respiração boca a boca, deu pra ouvir um deles dizer baixinho, enquanto tentava cobrir o corpo seminu de Giulianna com uma espécie de estopa:

— Dá um espaço aí, pessoal.

Alguns bisbilhoteiros subiam nos galhos das árvores com sua curiosidade mórbida e procuravam um bom ângulo da morta.

O sr. Giácomo permaneceu imóvel vendo o movimento, a multidão se aproximar dele, os paramédicos (pra que paramédicos, meu Deus?) enquanto avançaram com o corpo. "O senhor acha que vai ser sua menina?", "O que o senhor está sentindo?", "O senhor tem esperança de que não seja ela?", e ele ficou lá parado, olhando a procissão se aproximar. Claro que já tinha dado pra ver os cabelos alaranjados de Giulianna, inconfundíveis, e ele ficou apenas ali, parado, calado, duro. Não parecia mais vivo que nenhuma das duas, nesse eterno tempo que levaram pra lhe mostrar a menina e pra ele responder.

— *Sr. Giácomo, sr. Giácomo, senhor... É ela?*

Ele não estava chorando, não estava revoltado, não parecia ver ali qualquer traço familiar.

— *É ela, sim.*

Ele olhou pro outro lado, enfim soltando o saco que continha Carinna, e foi como se a cena finalmente andasse, acelerada. Abaixou-se pra amarrar os sapatos, e todo mundo saiu gritando: "Sr. Giácomo, é verdade que suas filhas não sabiam nadar?", "Elas estavam matando aula havia muito tempo?", "Sr. Giácomo, o senhor acha que se a escola fosse mais vigilante...", "Sr. Giácomo, o senhor acha que elas estavam envolvidas com álcool e drogas?", "Sr. Giácomo, onde o senhor estava?" e "Sr. Giácomo, elas eram boas meninas?".

Ele olhou atônito como se nada disso fosse importante e daí disse:

— *Sim, eram meninas.*

Abaixou-se. Terminou de amarrar os cadarços e saiu caminhando. Logo a multidão começou a se dispersar. Uma moça, que chegara atrasada, mostrou as palmas da mão pro vazio, olhou pros lados, viu meu uniforme e chegou pra mim:

— *Ei, você, você era amigo delas?* — *Veio caminhando na minha direção.* — *Pode me contar como eram elas duas, as meninas, se era fácil matar aula? Se seus amigos vêm nadar aqui com frequência?*

Mas eu estava concentrado ainda no rio como quem não entendeu uma piada e pediu uma explicação que não se dá. E só respondi:

— *Quem diabos se afoga num rio em que a água bate na cintura?*

E os olhares que restavam ali se voltaram pra mim. Saí marchando com raiva no caminho pra casa, enquanto a pergunta se repetia, quem diabos, quem diabos...

*

— Essa pergunta continuou comigo — disse, olhando para o apresentador. — Saí entrevistando todo mundo no colégio. Sabia quando alguém estava escondendo algo. E sabia porque é o tino da reportagem. Se alguém tá fazendo muito esforço pra esconder uma bobagem, pode ter certeza de que, por trás desse segredo bobo, tem um segredo maior e mais obscuro.

Tito se viu falando sobre um único aluno que não conseguira entrevistar na época e como, às vezes, a falta de um único depoimento derruba todo o resto.

— Como era o nome dele? — Jô perguntou.

Isso ia lhe render, na volta para casa, algumas noites especialmente ruins. Muitos amigos ligaram cumprimentando-o pela entrevista. "Que história, cara. Que história." Só quem não ligou parabenizando-o foram os próprios colegas de escola, os que também tinham conhecido as irmãs Giácomo. Estes apenas passaram a compartilhar entre si o vídeo em um link do YouTube e sorrateiramente o adicionaram nas redes sociais. Alguns mandaram lembranças respeitosas, constrangidas: "Grande Apingorá". Ou: "É isso aí".

Tito tomou pelo menos uma grande decisão: ia parar com os benzodiazepínicos, com os analgésicos, com os relaxantes musculares, ia fazer o desmame da sertralina. Teria noites insones, é claro, mas parecia que vinha fazendo tantos ajustes em seu corpo e mascarando tanto as dores que já não tinha mais dimensão do tamanho delas. Às vezes, pensou nisso também, é preciso forçar a natureza a se regenerar.

*

15 de junho de 2000

Apesar das fotos em polaroide que eu tinha entregado à polícia — fotos que mostravam Daniel ao lado das irmãs Giácomo durante um passeio na serra —, Fernanda foi a única aluna a ser realmente chamada pra depor. Ela explicou que estava com as irmãs Giácomo, sim, na hora que elas chegaram ao rio. Mas depois foi ficando tarde. Disse que quis ir embora e que, por isso, deixou Giulianna e Carinna sozinhas por volta das cinco e meia. Disse que Carinna queria tirar fotos de rosto e de corpo na luz do entardecer pra um concurso de modelo promovido por uma revista adolescente. O laudo estabelecia que elas tinham morrido por volta das seis.

— E você foi direto pra casa?

Ela disse que sim, mas, segundo um dos vizinhos de Fernanda, Gabriel, que jogava no time de xadrez, era no mínimo oito da noite quando ela chegou em casa. Tinha a farda e os cabelos enlameados. Ele foi enfático ao afirmar o horário:

— O Jornal Nacional já estava terminando.

Ao apurar o caso, refizemos o percurso incontáveis vezes. Nem na maior lentidão possível, pelo trajeto mais sinuoso, conseguimos fazer esse percurso durar tanto.

A polícia até que tinha sido contundente nas suas questões. Tinham perguntado:

— Por quê, quando todo mundo começou a procurar por elas e dizer que estavam desaparecidas, você não disse que elas estavam lá no rio?

A resposta correta seria:

— Como eu ia saber que ainda estavam lá?

Mas, em vez disso, Fernanda fechou os olhos e começou a chorar de novo, com uma expressão de dor muito intensa, e confessou:

— Nunca matei aula. Não queria que minha avó soubesse.

Então, sim, as pessoas passaram a olhar estranho pra Fernanda. Quem põe o próprio sucesso acadêmico acima da vida das amigas? Sobretudo as únicas amigas realmente próximas?

A outra pessoa do Sagrado Coração que não comparecera ao velório era Daniel. Mas ele não depôs pra polícia nem precisou conviver com olhar nenhum porque também estava desaparecido. E, sim, havia quem afirmasse que ele desaparecera "junto" com as irmãs Giácomo. Mas um depoimento dado no sentido contrário foi o suficiente pra que não procurassem mais por ele no rio, por exemplo. Esse depoimento era do pai de Eliza Keiko, que estava fazendo entregas na rodoviária por volta das oito da manhã (ou seja, enquanto o sr. Carlos Honesto fazia seu discurso fúnebre sobre duas vidas puras e desperdiçadas). De acordo com o relato, Daniel pegou o ônibus da Xique-Xique com um bilhete que, segundo se apurou, ia até São Paulo. Ele vestia uma jaqueta jeans clara e portava uma mochila da Company cuja descrição (chaveiros de resina coloridos nos zíperes) batia com a da mochila da professora Ilza Helena, tia dele.

— Me chamou a atenção porque eu tinha visto esse garoto na escola em que minha menina estuda. — E ele se lembrava muito bem do Daniel porque uma vez tinha pensado em oferecer carona no caminho pro colégio. — Eu perguntei: "Ei, esse menino não é seu amigo?". E ela respondeu se benzendo: "Cruz credo, pai. É claro que ele não é meu amigo".

De São Paulo, se é que ele realmente desceu lá, não temos notícia. Só aí percebemos que nem sequer sabíamos de qual cidade da Inglaterra ele realmente tinha vindo. Sua tia, que foi quem forneceu todas as informações, afirmou que ele talvez já estivesse pensando em fugir de Santa Rita há tempos. Vinha juntando dinheiro, fazendo telefonemas estranhos do orelhão e mantendo um caderninho de anotações.

— E a senhora não tá preocupada que seu sobrinho tenha desaparecido?

— Bem, ele já tinha quase dezoito anos, afinal.

Parecia cansada e aliviada, como se um dos seus desejos tivesse finalmente sido concedido.

Há uma história que ainda não contei: de onde vinha meu ódio pelo Daniel. Isso é mais fácil de localizar na linha temporal. Há fotos. É a peça número cinco. Aqui, onde se vê a imagem de uma carteira com alguns nomes escritos em caneta ("Dani Delícia", "Josias é viado"), bem nessa sequência de desenhos envolvidos por um círculo. E onde está escrito "Provas do primeiro bimestre. Sagrado Coração. 2000".

CAPÍTULO SEIS

Na volta do Rio de Janeiro para João Pessoa, Tito não poderia estar mais seguro de sua decisão sobre o desmame dos remédios e queria comunicar a Renata seus últimos insights sobre o assunto, ansiava por isso. Infelizmente, a casa que ele encontrava ao chegar, a Renata que encontrava ao chegar nunca eram as mesmas de sua idealização. E, naquela manhã, o colégio de Clarinha telefonara dizendo que precisava conversar com os pais: ela estava causando problemas. Aparentemente tinha batido em uma menina menor que ela, deixando-a com um olho roxo, e tomado uma suspensão de uma semana.

— A impulsividade, como sabemos, é um dos sintomas do transtorno do déficit de atenção — falou a coordenadora, mais para Renata do que para ele. — E nós recomendamos que...

A Tito, parecia que a mera sugestão de drogar uma criança para tornar o trabalho dos professores mais fácil deveria ser suficientemente ridícula. Ao procurar no olhar de Renata um cúmplice, percebeu que ela estava concordando de verdade com a professora. Não satisfeita em sugerir um psiquiatra para a menina, ela recomendou também que Renata e o próprio Tito fizessem o teste para saber se tinham, eles mesmos, TDAH.

— É uma condição genética, então muitos adultos acabam descobrindo seu próprio déficit quando estão às voltas com os sintomas dos filhos. Ela devia se considerar muito vanguardista. Do ponto de vista de Tito, parecia-lhe que para todo canto que olhava alguém lhe sacudia psicofármacos na cara. Ele preferia uma conversa com a própria Clarinha: fazer um discurso sobre a importância da dignidade, para lhe explicar que bater em alguém em desvantagem era covardia.

— Foi quase sem querer, pai. Não tenho culpa se o soco foi certeiro.

— Certeiro, minha filha? Pelo amor de Deus. E onde você aprendeu a dar soco?

Passou a noite tentando trazer Renata para o seu lado. Crianças eram assim mesmo desde que o mundo era mundo. Se estava virando um problema agora, podia ter mais a ver com o fato de que hoje em dia lhes prestávamos mais atenção. Mas nesse ponto Renata não só havia comprado o discurso da professora, como também baixado em seu leitor digital uma coleção de livros indicados e se posto a ler, muito compenetrada, sobre TDAH.

— Pelo menos, leia o livro — ela pediu. — Não tô falando em medicamento nenhum. Tô falando em ler um livro.

Ela venceu a discussão com o argumento de que, se ele não acreditava no poder da informação, por que estava na profissão de repórter? Mas aquilo não mudou a percepção dele de que tudo estava errado; que, ao seu redor, todos estavam avariados, quebrados, com a sensação de estar falhando em tudo.

— E tem mais — Renata disse. — A Clarinha tá entrando na puberdade. Você não percebeu que ela já tá usando desodorante? Ele não conseguiu dormir nessa noite nem na seguinte. Como o tempo podia ter passado tão depressa?

*

Se esta caixa de recordações fosse um jogo do mico, então a peça número cinco, uma polaroide que mostra em close uma série de nomes e desenhos escritos com caneta BIC *na carteira do colégio, seria o par da peça número quinze. Nas duas, se vê os mesmos padrões de desenho (bombinhas, tridentes, símbolos zodiacais), só que a número quinze foi escrita em canetas coloridas numa folha de caderno arrancada. E foi também o último bilhete trocado entre Giulianna e Carinna poucas horas antes de irem pro rio com Fernanda. Ali está escrito, num código que eu por vários motivos conseguia decifrar, a seguinte frase: "Ele está querendo avançar o sinal". Essa frase está escrita sem pontuação em esferográfica rosa, seguida da resposta, em lilás: "Não me deixe sozinha com ele".*

Um detalhe que sempre me deixou comovido com esse código é a ingenuidade com que usavam acentos agudos, til e cedilha adornando os desenhos, como se não lhes ocorresse que o padrão do português já em si mesmo entregava a chave de leitura pra qualquer curioso. Hoje penso se isso não era intencional, se elas não estavam, de certa forma, querendo que as protegessem, como se estendessem um fio de Ariadne.

Esse bilhete, pelos meus cálculos, deve ter sido trocado por volta das 14h30 do dia 14 de junho, jogado no lixo por volta das 15h e apanhado por mim às 15h10, naquele mesmo dia das comemorações do aniversário de Fernanda, na aula de reforço especial da professora Keyla. O lugar ficava a um quilômetro e oitocentos metros do colégio. Dois quilômetros do rio.

O que eu estava fazendo numa aula de reforço particular e como tinha a chave que me permitia entender esse código? As duas coisas têm origem no mesmo ponto: o dia dos exames do primeiro bimestre. Isso foi ainda no verão daquele mesmo ano. E nos levará de volta ao tópico "colégio surreal".

*

A insônia já entrava em seu terceiro dia seguido quando, sem lembrar como tinha adormecido, Tito se levantou com o coração acelerado. Com cuidado, foi até o estúdio pensando em trabalhar um pouco, mas, depois de algumas pesquisas infrutíferas e aleatórias na internet, o que acabou fazendo foi abrir sua própria página do Facebook. Encontrou ali mais de trezentas solicitações de amizade e mensagens que pareciam vir de todos os lugares, mas eram, sobretudo, de adolescentes pedindo para que ele opinasse se ainda valia a pena fazer faculdade de jornalismo. Tentou por algum tempo pensar em uma resposta razoável. Valia? Não valia?

Fechou a tela do notebook e, como se pressentisse algo, desta vez não saiu aceitando todo mundo no automático. Desta vez, olhou foto a foto, clicou em novos perfis. Entre as pessoas que o adicionaram, havia pelo menos três com o nome de Daniel Peach. Antes que ele pudesse clicar em todas, Renata entrou, estranhando sua ausência na cama.

— Que é que tá acontecendo, hein? — ela perguntou, séria.

Mas Tito não sabia como dizer para a esposa que a vida, aquela que tão duramente tinham construído juntos, não lhe servia mais.

— Vamos cavar uma saída daqui?

Ela voltou para ele o ouvido, em vez dos olhos. Tentava de verdade entender do que o marido estava falando. Ele desembestou a explicar que tinha falado com Felipe para arrumar uma viagem a ele, que podiam ir para a Inglaterra, os três...

— Vamos voltar a estudar. O mercado tá acabado. Tudo tá indo pro buraco aqui. E pensa, amor, se a coisa dos móveis tivesse que dar certo, já teria dado.

O sorriso dela se desmanchou no rosto, dando lugar a uma expressão magoada.

— É isso que você acha mesmo? Que não vai dar certo e que por isso não vale a pena?

Ele ficou sem jeito. Respirou fundo e, por falta de resposta dele, Renata continuou:

— Veja: eu *já* passei *bastante tempo* estudando. Eu ganhei bolsas pra estudar, fiz especialização, fiz mestrado. Mas se esse estudo não se converter numa prática, num serviço ou na construção de algo... Então para que serve?

Ele estava sendo cruel. Não podia esperar isso dela. Se havia algum modo de passar por aquilo, tinha de ser sozinho, se afastando. Renata voltou para a cama, não sem antes alertá-lo:

— Eu não vou sair de João Pessoa. Nem gaste saliva com isso.

Ele voltou para o quarto com ela naquela noite. Na cama, eles se deitaram, fecharam os olhos, e ele ficou quieto tentando não atrapalhar seu sono, mas no escuro tinha a impressão de que ela também não dormia. Estavam acabados como casal, era isso que ele entendia agora. Seria só uma questão de tempo.

*

16 e 17 de março de 2000. Fim do primeiro bimestre

As provas na nossa escola eram feitas com as turmas todas misturadas, no segundo turno de aulas e sempre depois do intervalo. O sol, já quase a pino, castigava o teto que irradiava o calor seco pra nossa cabeça enquanto os ventiladores de teto giravam lentos, com sua inutilidade declarada. Desde o ano anterior, o colégio já vinha pondo em prática mais algumas das suas estratégias educativas originais. Por exemplo, se duas pessoas fossem flagradas colando, quem precisava da cola não seria punido, mas sim quem passava. A lógica era extraordinária: os burros não seriam, pra sociedade, um risco tão grande quanto os inteligentes sem ética. Houve resistência no começo, é claro. Os burros poderiam ameaçar os inteligentes fazendo uso da violência, eles sofreriam em dobro etc. etc. Mas a direção do colégio foi irredutível quanto a isso e alegou que os bons não seriam suficientemente bons se não fossem corajosos pra enfrentar os valentões.

E, pra garantir que ninguém pudesse alegar um: "Ah, mas eu não sabia que ele tava olhando minha prova", adotou-se também a lógica de misturar todas as turmas. Da sétima série até o terceiro ano, todo mundo sentava junto nos dias de exame, diminuindo assim as chances de haver duas pessoas próximas fazendo a mesma prova.

Talvez tenha sido nesse momento — e ainda era março — que nasceu meu antagonismo com relação a Daniel. Eram meus

*melhores dias de aula, aqueles de prova. Ali, todas as idiossin-
crasias do colégio se alinhavam com as minhas próprias. Vou
tentar ser mais preciso. Todo esse esquema anticola significava
que, entre o momento de sentar na carteira e receber o exame,
havia um belo tempo morto no qual você podia, por exemplo,
olhar pela janela — eu olhava os pés de algaroba estendendo
os braços pro céu imaculado de nuvens — e fantasiar closes
no calor escorrendo pela testa, no abafado da sala de aula.
Nenhum vento, nenhum galho balançando. Você seria um herói
contra o mundo em pause.*

*Ou você podia observar a tensão dos outros ao seu redor.
Dava sempre pra descobrir quem eram as pessoas envolvidas
nos esquemas de cola, mesmo que esses esquemas ficassem mais
sofisticados a cada bimestre. Eram quarenta alunos por sala.
Descarte os CDFs, que, por medo de ser punidos, nem eram
incluídos (e, sim, eu era um deles). Então comece a procurar
alguém que esteja nervoso (é fácil reconhecer a cabeça afun-
dada no tronco como uma tartaruga, os pés inquietos. Ele vai
olhar muito fixamente pra seus próprios objetos: lapiseira de
grafite, caneta BIC transparente, borracha...). Em seguida, siga
a direção do olhar. Ele vai olhar, o tempo todo, um por um, pra
todas as pessoas na sala que estão envolvidas nesse esquema.
Eu às vezes ficava observando, só por diversão. Olhava pro Rato
Branco, então ele olhava pro Luís Pereira, que olhava pra ele
de volta e, depois, pra Flavinha, que olhava pro Leocádio, que
olhava pra Fernanda. Leocádio era o líder do esquema. O líder
estará sempre relaxado. Não olha pra ninguém de dentro do
esquema de cola, e sim pro seu próprio interesse amoroso, que,
recentemente, passara a ser Fernanda. Vale a pena dizer que*

muitos dos envolvidos nesses esquemas de cola se tornaram os mais bem-sucedidos entre nós, e às vezes me pergunto se não era justamente isso que o colégio estava nos ensinando o tempo todo: que os CDFs... Bem, sempre terão a faculdade de medicina esperando por eles. Mas o mundo real pertence aos medíocres organizados. No mundo real, você depende de fazer alianças eficientes e da sorte. Aprenda a cultivá-las.

Eu não cultivava. Na maioria das vezes, me distraía com meus próprios pensamentos, gostava de ver as coisas escritas na carteira. Sempre olhava pros rabiscos. Gostava de passar os dedos por sobre os nomes, ver com que intensidade a caneta tinha riscado a madeira. E, no meio dessa cadeia alimentar, debaixo daquele céu de meio-dia, num calor ácido, com o ventilador de teto apenas remanchando os grãos arenosos muito acima de nós, eu era aquele que não se importava com a prova nem com as diversas transações escusas, de movimentos, de pedidos de ir ao banheiro, objetos que caíam no chão, empréstimos e pequenos papéis que cabiam entre rachaduras imperceptíveis. Estava apenas olhando no momento, muito fixamente, pro maior mistério do mundo: uma combinação excepcionalmente curiosa de M's (M com perninha enrolada, M com perninha em seta, M em cima de outro M). Um código! Um código secreto! E me empenhei em resolver aquele enigma, nove símbolos na linha de cima, um na linha do meio, seis na linha de baixo... E assim por diante. Até esquecer todo o resto.

Precisei esperar o fim da prova, sair com todos, voltar à sala, dizer que tinha deixado algo na carteira em que eu estava. E daí fotografar com a polaroide do meu pai a combinação misteriosa pra registro posterior.

Isso significava que, enquanto todo mundo só queria um plano pra trazer algo dos seus cadernos pra carteira na hora da prova, eu só queria levar algo das carteiras pros meus cadernos. Pra sempre.

Essa é a peça número cinco, uma inscrição numa carteira em códigos. Isso que parecem M's não são M's. São representações dos signos zodiacais de virgem, escorpião, aquário e assim por diante.

— Por que você tá gastando filme de polaroide pra fotografar essas merdas? — Renan perguntou ao me ver voltando à sala vazia.

— Não é merda — respondi —, é nossa arte rupestre.

O código mais fácil do mundo de ser decifrado era o da Giulianna Giácomo. Único nome com nove letras da sala do primeiro ano. Um dos poucos com o padrão de letras duplicadas na última sílaba e os símbolos saídos do horóscopo da revista Capricho, *a mesma que apenas ela, Fernanda e Carinna liam nos intervalos e nas aulas vagas. O nome de baixo, que ela escreveu junto ao seu, era Daniel.*

— Essas carteiras contam a verdade mesmo quando todo mundo tá mentindo.

CAPÍTULO SETE

Agora, despedem-se no estacionamento do aeroporto de Recife.

— Tu é um fresco mesmo — Renan diz. — Mas toma, mostra isso lá pra ele.

Ele tira da carteira uma mecha de cabelo alaranjado. O cabelo de Giulianna Giácomo. A peça número seis do painel.

— Então foi tu que ficou com isso?

— Mas é claro — Renan responde, virando-se logo para o outro lado e abrindo o bagageiro.

Tito esfrega a mecha entre os dedos. Claro. O modo como justo aquilo tinha sumido da coleção na mudança para João Pessoa...

Mas Renan não diz mais nada, nem vai dizer. Tira a mala, uma Sestini pequena de quatro rodas, e continua falando:

— Acho melhor esconder esse negócio. — E sinaliza com os olhos para a direção do hangar. — Não sei da norma pra transportar isso...

De qualquer modo, Tito não está escutando de verdade. Sua cabeça divaga reparando em como estão bem conservados os fios. Brilhantes ainda, têm um certo cheiro químico... E uma lembrança lhe ocorre: Renan, na noite do velório, saindo do banheiro com os olhos inchados.

— Tá olhando o quê, porra? — ele dissera. — Elas morreram e ninguém fez nada.

Ninguém fez nada. Ele repete a frase na cabeça. Observa Renan. Uma espécie de súbita compaixão eclipsa o Renan do passado e do presente. Tito o vê encarar o escuro. Já tinha três divórcios nas costas. Toda a vida afetiva do amigo se resumira a conhecer garotas espontâneas, felizes, praticamente saídas da terra das fadas, apaixonar-se e sentir medo por elas. Ninguém fez nada. Mudava-se para a casa delas, montava guarda, noivava em um mês, casava-se no outro, separava-se no seguinte. Elas decidiam que não aguentavam mais. Que princesas não devem ficar com ogros. Ogros são soturnos, são pessimistas, veem o mal em tudo e são difíceis de manejar nas festas de fim de ano da família.

— É só isso? — ele pergunta, entregando a Tito o casaco de lã e o cachecol.

Tito olha para ele. A boca forma um arco para baixo.

Sim. É só isso.

Renan fecha o bagageiro. Abraçam-se, dando batidinhas nas costas um do outro.

— Se cuida aí. — Ele estende o braço com tristeza.

Estava até hoje tentando salvar as princesas do mal, mas princesas são assim mesmo. São ingênuas e teimosas, tocam em fusos de rocas, comem maçãs...

— Me manda um postal lá de Nugget — Renan diz, entrando de volta no carro. — E manda lembranças minhas pro gringo.

A memória vem com o som do aviso sonoro de dois toques. O cheiro é de café e pão de queijo, onipresente nos aeroportos brasileiros. Tito não sabe se é pelo primeiro ou pelo segundo que sente um beliscão dentro de si. "Não pense nisso", ele diz a si mesmo e avança na direção da sala de embarque. Está com o check-in feito, não vai despachar nada. *"Não* pense." Consegue se distrair com os aborrecimentos clássicos dessa transição: objetos na bandeja, o detector de metais que sempre apita. Contudo, quando chega à sala de embarque, as lembranças voltam. Resolve se dirigir às cadeiras longarinas do outro lado do saguão. É longe do seu portão de embarque, mas estão mais vazias.

Foi na semana seguinte à sua aparição no *Programa do Jô* que a ligação veio redirecionada, sabe-se lá de quantos outros ramais do mesmo prédio, até acertar o telefone de Tito na baia da redação.

— Tito Limeira — ele atendeu.

Um ruído estranho do outro lado da linha. E ele soube quem era mesmo antes de ouvir uma voz cheia de sotaque e um tanto pomposa dizendo, talvez perguntando:

— Apingorá?

A pressão aumentou dentro do peito. Porque ser chamado de Apingorá localizava bem seu interlocutor na linha do tempo, e novamente havia um sotaque... O sinistro sem nome que ainda tinha o poder de dobrar seus batimentos cardíacos.

— Quem fala?

Nem precisava responder. Com a mesma secura de vinte anos antes, uma economia enervante de palavras, ali estava Daniel. Ele, que rapidamente voltou ao seu próprio idioma, disse algo como *"I was wondering if..."*. E Tito, que nesse ponto já estava limpando a própria mesa, percebeu tudo de uma vez: que, entre os numerosos recados recentes, havia várias vezes um mesmo número de telefone, grande demais, pedindo para ligar de volta. O mesmo recado: "Sobre uma matéria. Ligar de volta +4407778365478".

— Tô te ligando há dias — ele falou. — Vi sua entrevista no YouTube.

Então ali estava Daniel, falando com ele como se estivesse ligando para um velho amigo.

— Você não disse que ia até o fim do mundo atrás de uma entrevista que fechasse seu caso? Pois adivinhou, eu moro mesmo no fim do mundo. Já ouviu falar em Norwich?

Ele ri. Se antes havia dúvidas de que devia pedir um tempo em outro caderno, essas dúvidas tinham acabado de morrer. Daniel continuou:

— Quem sabe não te recebo e te mostro a cidade, se um dia você vier à Inglaterra de férias, não é?

— Férias? — Se estava à espera de um chamado, este era o seu. — Você não vai acreditar na coincidência.

Então o ecossistema do aeroporto se torna ainda mais perturbador: o ruído alto que é um misto de sirenes, motores, máquinas de café, televisores e anúncios de "Atenção, senhores passageiros". Ele percebe a própria ansiedade na taquicardia e tenta contê-la à medida que se aproxima do painel de partidas. Com alguma dificuldade, localiza o próprio voo. Olha ao redor. Deixou no carro de Renan o caderno com a Ana Paula Arósio na capa. Leva algum tempo repassando aquilo. Se ao menos Renata tivesse ajudado Tito a embarcar. "Mas que merda." É o que ele pensa. Merda. Merda. Merda. Isso não teria acontecido. Merda.

Ainda poderia ligar para Renan e perguntar se estava no carro dele, pedir que voltasse, dar um jeito de sair da área de embarque para resgatar o caderno. Mas, se fizesse isso, correria o risco de perder o voo para São Paulo, derrubando a conexão para Londres, o metrô para a Victoria Coach Station, o ônibus para Norwich... A cadeia de todas as etapas de uma viagem especialmente complicada: voo um, voo dois, metrô, ônibus.

Havia planejado com cuidado viajar com tempo de sobra para se trancar em um quarto de hotel lendo aquele manuscrito, impregnando-se da história até estar encharcado dela. Ali estavam todas as notas, todas as perguntas que precisava fazer para Daniel, todos os depoimentos que já havia compilado sobre o caso das irmãs Giácomo. Todos os eventos resumidos e, mais importante, o ponto de vista que ele tinha aos quinze anos. Como vai entrevistar Daniel sem sua cápsula do tempo? A raiva e as barganhas são substituídas por um sentimento estranho de lástima: ao reencontrar o caderno, ficou positivamente surpreso com a escrita, a organização — orgulho do que tinha feito. Estava sentindo isso de novo pela primeira vez em muito tempo.

Tudo já começou dando errado.

PARTE II

CAPÍTULO OITO

Quando chegou à Inglaterra pela primeira vez, estava com seus vinte e poucos anos. "Uma boa idade para um homem", segundo Fitzgerald, "na verdade, o apogeu para um celibatário". Ele pensava nisso quando olhou para baixo, da janela do avião, enquanto sobrevoavam a cidade de Londres à uma da tarde. Estava espantado com a quantidade de verde que existia lá embaixo.

Foi quando, em um toque sonoro de dois tempos, a voz do comandante invadiu seus pensamentos dizendo que, ah, sim, iam descer *mesmo*, aterrissar *de verdade* no aeroporto de Heathrow. Os passageiros tinham de estar prontos. Mas ele estava pronto? Não tinha certeza. Como aquilo tinha dado certo, afinal? Aquilo de ele estar prestes a pisar em Londres? Uma semana antes, nem ele mesmo estava pondo fé nessa história de fazer intercâmbio. E se fosse bem honesto e olhasse para trás, só conseguiria se ver como um garoto com mania de sonhar alto e que dava lá seus chutes na lua, seus "vai que cola", mas tentar e acertar eram coisas completamente diferentes. Ele não estava pronto, deu-se conta quando a aeromoça lhe entregou um papel para declarar bens. Não sabia o que fazer com aquilo. O inglês lhe pareceu russo. Obviamente não tinha se preparado o suficiente para as reais questões práticas que agora se anunciavam. Virou a declaração pelo avesso. Enquanto os demais passageiros punham a postos suas canetas e desciam as mesinhas, ele permaneceu olhando para a frente, a tela mostrando a posição do voo e seu próprio reflexo. Tinha se esforçado, trancado o último período da faculdade, ralado em dois empregos para juntar dinheiro e pagar o intercâmbio. Ainda assim, não estava apto a, de fato, descer na Inglaterra. Só conseguia pensar em uma das últimas conversas que tivera com o pai, sobre o preço do passaporte.

— Puxa vida, como é caro — o pai falou com a voz fraca.

Na época, ele tinha rido. Lembrava que o pai, quando mais jovem, já dera muito mais que isso em rodadas de cerveja.

— É, mas deve ter uma moral nisso, pai. Quer dizer, se você não tem duzentos contos pra dar num documento, talvez não devesse considerar sair do país.

A mesma lógica aplicava para si, agora. Se não sabia o que fazer com o papel, talvez não devesse considerar descer do avião. Tudo aquilo era um engano. Deu-se conta, com uma lógica impecável, de que para um mestiço, caipira, proletário e sem sobrenome estar ali, além dele, tinham agido vários fatores. Ele não era nada mais que o fruto impagável de uma porção de acidentes, coincidências, mal-entendidos e acasos que começariam com o ressarcimento de todas as perdas do governo Collor, a ascensão de um partido político que levantou as políticas públicas, a quebra do Lemon Bank, o inesperado recebimento do seguro de vida do pai, dicas bem dadas por estranhos que estavam entediados demais para sacanear com ele, e agora Tito estava ali, pronto para descer no Reino Unido.

Não como se tivesse mérito para isso, mas pela força de mil acasos combinados.

Antes que ele dissesse, em pânico, o que realmente lhe passava pela cabeça (algo que iria pelo caminho de "Eu não devia estar aqui" e "Quero voltar" ou qualquer coisa genérica muito mais aplicável ao engano de subir no ônibus 5100 em vez do 1500), o senhor ao seu lado lançou um olhar benevolente.

— Também odeio esta parte da chegada.

Tito, em sua versão mais jovem, pigarreou para se recompor. E se agarrou àquela voz:

— É minha primeira viagem internacional — falou em seu pânico contido. — Por favor, o senhor saberia me dizer o que eu faço com isso?

E, se a sorte tinha agido até ali, pelo jeito não o abandonaria, ainda. O senhor estendeu imediatamente a compaixão ao estranho.

Tito ficou positivamente impressionado com aquela chegada ao Velho Mundo. Apesar das filas, da quantidade de gente e de haver todos os elementos para o caos, o aeroporto era uma máquina com todas as engrenagens bem azeitadas e a pleno vapor. Tudo que precisava fazer era seguir o fluxo. Havia informações, setas e pessoas disponíveis para ajuda em abundância. Na imigração, o fiscal carimbou seu passaporte no mesmo instante e recomendou que não perdesse a chance de ver um grande musical. Quase não lhe fez perguntas. Na bilheteria do Oyster, uma senhora fez questão de lhe entregar o mapa circulando a estação em que devia descer e estimando o tempo aproximado que passaria dentro do metrô. Mesmo no ônibus, apesar da barreira entre ele e o motorista, sentira-se bem-vindo.

A sorte que tivera aos vinte anos não é a mesma sorte que encontra agora, quinze anos depois, quando o motorista grita: "Norwich Bus Station!" e desperta Tito de um sono nada reparador. Tinha sido uma chegada terrível. A fila da imigração não andava, sua entrevista para entrar no país foi ríspida e cada detalhe foi conferido e contestado mil vezes pelos agentes. Ele se atrapalhou ao tentar explicar por que um profissional liberal reconhecido no próprio país estaria agora indo fazer um *leisure course* sobre escrita memorialística em uma universidade tão pouco prestigiada como o City College. Não lhe parecia boa ideia dizer que estava indo acertar contas com o passado. Falou em seu interesse pela arquitetura medieval da cidade, e a agente que o atendeu testou cada conhecimento que ele pudesse ter sobre Norwich.

Agora, dentro do ônibus da National Express, está com dificuldades para descer pois, ao seu lado, uma mulher usando véu se acocora entre o assento e o corredor do ônibus procurando algo que, aparentemente, deixou cair no piso, debaixo do banco. Ele tenta ajudá-la.

— *Do you need any help?*

Mas ela o repele brava, em um idioma desconhecido, agindo como se Tito pudesse lhe tirar a honra ou a carteira.

Ele recua, desiste. Boceja, espreitando pela janela. Esta é a cidade de Daniel, ele pensa, e, pela primeira vez, uma ideia o perturba. Ele seria incapaz de reconhecer Daniel em uma multidão de britânicos adultos. Já ele próprio, só de respirar, denunciava ser brasileiro. Era o próprio estereótipo: a pele escura, a mistura de indistintas etnias, nariz adunco, cabelo de índio. Tito seria para sempre um Apingorá, não importava se agora usasse barba muito bem aparada. Não importava que tentasse cortes modernos para o cabelo. Um de seus temores é que Daniel esteja na plataforma para recebê-lo na rodoviária. Não devia ter dito que ia chegar hoje. Nem devia ter dito o horário. Isso o deixava em desvantagem em relação ao entrevistado.

Além disso, está sem o caderno.

Finalmente, a fila anda e ele desce. Fica aliviado ao perceber que Daniel não está ali. Ninguém está. Apenas duas senhoras que olham quase através dele quando desce. Os demais, com eficiência, puxaram as alças de suas malas e sumiram como formigas quando alguém move o foco de açúcar de lugar. Ele fecha os botões do sobretudo e tira um cachecol do bolso externo da mala. Envia um e-mail para Daniel. "Já cheguei a Norwich", diz. "Que tal marcarmos uma cerveja?" Põe a mão no bolso da calça.

Percebe também que, mesmo depois de tantos anos, o medo difuso de ser pego em desvantagem por Daniel ainda lateja nele como um membro fantasma. Como se ainda estivessem descendo do ônibus do Colégio Sagrado Coração no primeiro dia da estação de chuvas.

Sua memória está trazendo tudo de volta. Ele não consegue mais evitar.

*

27 de maio de 2000. Cinco da manhã

Havia chovido a noite toda e, sob o céu pesado e escuro das quatro da manhã ao redor do antigo prédio do Sagrado

Coração, cerca de oitenta meninos e meninas usando a camiseta da educação física, calça jeans e boné esperavam o momento da chegada do ônibus pra excursão dirigida. Um passeio educativo sobre o bioma da caatinga que prometia a vista da cidade do alto, uma aventura física e um banho de rio no final. Estávamos sentados no chão, organizados em grupos, empolgados com o frescor da madrugada. E tínhamos certeza de que, apesar de ter chovido a noite toda, nada poderia atrapalhar nosso passeio. Com toda a arrogância da adolescência e nossas mochilas carregadas de lanches, estávamos prontos pra enfrentar qualquer intempérie da natureza.

Naquela época, como todo mundo usava exatamente o mesmo modelo de mochila, as cores eram tudo que tínhamos pra expressar quem éramos. A de Fernanda, por exemplo, era preta e não era Company de verdade, e sim uma imitação da marca América Latina que ela afirmava ser melhor que as originais; a minha era verde-militar; a de Renan era azul-marinho e a de Rato Branco, azul-claro.

Estávamos sentados no chão aglomerados num semicírculo, quando Renan chamou Fernanda pra sentar com a gente.

— Elas vêm ou não vêm? — Renan perguntou a Fernanda.

Mas Fernanda não estava prestando atenção. Seu olhar estava vidrado na direção do gringo. Que, ao contrário de todos os outros, não tinha mochila. Apenas um caderninho no bolso de trás, um lápis 6b e um canivete.

— Quem?

— Ora, quem? Terra chamando Fernanda!

A todo e cada evento como esse, se você quisesse informação sobre a presença ou não das Giácomo, Fernanda era sua fonte. Era a única amiga que as irmãs Giácomo tinham feito na cidade. Mas o modo como elas viraram um trio é especialmente importante pra nós e precisa ser contextualizado. Até mais ou menos o fim de 1999, Fernanda fizera parte do grupinho das feiosas, e nós nem sabíamos que era possível sair de lá. Mas Fernanda conseguiu se embelezar a tempo, e a teoria mais bem-aceita sobre essa amizade entre as três, contada pela ex-Miss Fundamental, Flavinha, dava conta do exato dia em que as irmãs chegaram ao colégio. Ela disse que se lembrava do momento em que Fernanda se sentou ao lado de Carinna e ouviu quando ela pediu seus lápis de cor emprestados.

— E por que você não usa os seus? — Carinna perguntou, vendo que Fernanda tinha lápis de sobra no estojo.

— Não tenho as cores certas — ela disse. — Quer as minhas? Fique à vontade.

Nós achamos bem ousado. Mas a própria Fernanda, embora confirmasse os fatos, discordava da interpretação deles. "Não é cara de pau. Eu ia fazer o quê? Ficar ressentida, cochichando sobre a caixa de trinta e seis cores da novata como fizeram as outras?"

Na teoria de Fernanda, no seu modo de ver o mundo, "somos todos um". Se um tem, todos têm. Ela era adepta ao "não fique com inveja da piscina do vizinho, apareça lá usando roupa de banho".

Porém, se vista bem de perto, a aparentemente improvável amizade de Fernanda, Carinna e Giulianna revelava todos os fios da limalha que ligava as meninas. Para as Giácomo, o benefício era inegável. Toda escola tem um aluno-modelo, alguém que você pode levar pra casa se quiser convencer seus pais de que está andando em boa companhia. No Colégio Sagrado Coração,

Fernanda era essa pessoa. Ela encarava com seriedade a missão de convencer pais e professores e de jogar na linha de frente dessa intensa diplomacia entre nós e eles. Uma gota de chuva caiu e ela olhou pra cima, na direção do céu.

— *Mas eu sei lá se elas vêm.*

E Fernanda, por sua vez, tinha também seus vários motivos, que iam muito além dos lápis de cor, pra ser amiga delas.

— *Sei que eu fui jantar na casa delas ontem à noite...*

Isso dizia bastante. Jantares eram a especialidade de Fernanda (uma menina tão educada!). Ela sabia comer devagar, mastigar de boca fechada, elogiar temperos.

E sabia, acima de tudo, fazer pais e mães passarem de "será que as almôndegas estão no ponto certo?" pra "minhas filhas precisam ir a esse passeio". Fazia o que tinha de fazer: implantar, com sucesso, na cabeça de Rita, a mãe de Carinna e de Giulianna, a ideia de que esses passeios são fundamentais pra uma feliz passagem no vestibular, sobretudo pra quem não era da Paraíba. Ah, sim, história e geografia paraibanas, ela disse, eram as questões que mais reprovavam gente de fora no processo seletivo seriado. "Dizem até que essas disciplinas estão lá pra garantir vagas."

E Rita havia se indignado.

— *Mas isso não tá certo!*

Fernanda era boa na sua função. Isso não se podia negar.

— *De qualquer forma, o jantar seria impossível se eu não tivesse apartado a briga do capoeira aí, ontem.*

— *Foi mal* — *murmurei.*

— *Imagine se a mãe delas tivesse entrado no colégio e encontrado dois meninos se atracando no campinho...*

— *Eu já disse que foi mal.*

— *Talvez até tirasse as duas da escola...*

— *Dá pra mudar de assunto?*

Ela riu. Depois deu de ombros.

— *Mas enfim... Não sei no que deu. Fui dormir cedo ontem. Não me ligaram. Agora, você, vem pra cá. Fica aqui.*

Fernanda me pôs na sua frente bem numa linha reta que ligava seu olhar ao de Daniel. Eu olhei pra trás, entendendo a estratégia.

— *Mas que diabos vocês veem nessa criatura?* — *questionei, ainda emputecido pelo coração que Giulianna havia desenhado e cujos códigos apontavam pra ele.*

Sob nenhum critério objetivo de beleza, harmonia, proporção ou justiça, poderíamos considerar Daniel um garoto bonito. Ele cortava os cabelos curtos demais, seus lábios eram finos, quase inexistentes, sua pele e os dentes tinham um jeito estragado.

— *Você não entende... São os olhos dele...*

E foi bem nesse momento que a caminhonete azul parou na esquina e de lá saiu primeiro Carinna, com sua Company pink, e depois Giulianna, com duas chiquinhas baixas e uma Company lilás. Então Fernanda correu em disparada pra recebê-las, abandonando nosso grupo, passando pelo das meninas feias (que lhe viraram a cara), cruzando a multidão de alunos e finalmente abraçando Giulianna e Carinna como se fossem uma só. Era exatamente para aquele ponto que Daniel olhava. Ele se virou de lado e encontrou meu próprio olhar com uma câmera apontada pra ele. Daí franziu a sobrancelha e, como se me ameaçasse, apontou o dedo pro pico da serra, todo coberto de neblina. E eu fotografei a serra. Esta é a peça número nove.

*

"Nem todo mundo sabe, mas a única forma certa de chegar a uma cidade histórica é entrando nela de madrugada." Isso é o que ocorre a Tito. Sua cabeça funciona no automático, criando frases para matérias imaginárias enquanto caminha na direção do hotel. Está ligeiramente perdido, com medo, a sensação de estar sendo seguido não o abandona. Seu celular está com oito por cento de bateria. Fará qualquer coisa para não pensar que a chegada a Norwich está se mostrando mais atrapalhada do que previa. Primeiro foi o caderno da Ana Paula Arósio e, agora, percebe que seu coração está acelerado. O som da mala ecoa pelas ruas desertas, trepida no calçamento, "e Norwich é tão histórica que parece um cenário abandonado pela equipe de filmagem". Um homem louro e um pouco gorducho passa na rua atrás dele e entra em um Saisnbury vinte e quatro horas. Será que Daniel teria engordado? Aquele poderia muito bem ser ele.

Em uma coisa Tito não pensou, ocupado que estava em preparar uma viagem em um mês. E se tudo aquilo fosse mesmo um tipo de golpe? Exatamente como Renan lhe advertira? Solta o ar dos pulmões. Isso é paranoia. Lembra-se da técnica ensinada pelo psiquiatra: A.C.A.L.M.E.S.E. Um acróstico no qual "A" é de "Aceite: você está tendo uma crise". "C" é de "Contemple". Olhe ao redor. Você está na Inglaterra. E é aí que seu olhar é captado pelas filiais de Café Nero, Starbucks, Costa, Subway, enfim... Ele esquece as outras letras do acróstico e liga tudo que vê agora à Londres que conheceu na juventude. O passado é um lugar seguro para caminhar. Tito consegue fabricar uma calma racional que acaba em uma rua sem luz, de terra batida, e em um rio correndo escuro e sinistro. Seu coração dispara. O celular morre, e ele sente as pernas congelarem. O que está fazendo aqui? O que está fazendo aqui?

— *Sir?* — Um guarda se aproxima. — *Is everything ok?* Ele olha para o oficial. É um homem negro mais alto que ele. O frio se intensificou.

— *The Maids Head Hotel.* — É tudo o que consegue dizer.

— *Where is Elm Hill, please?*

O guarda aponta para o outro lado, um pouco para cima, onde uma bandeira da Inglaterra tremula.

— *This is Elm Hill, sir.* — Ele aponta para a rua de onde tinha vindo, desconfiado, mas ao fim resolve que é um turista bobo e inofensivo. Faz um gesto com a mão. — *Sir?* — repete.

— *Just follow that flag, ok?*

*

27 de maio de 2000. Seis da manhã

Os dois ônibus que o colégio fretou pra fazer o passeio ecológico eram um exagero, dado que éramos um colégio pequeno e que apenas as turmas da oitava série ao terceiro ano participariam. Começamos a entrar por ordem alfabética. A cada aluno que embarcava, um X era marcado na lista da professora Vânia — que era jovem, mas gritalhona, feia e mal-encarada. Ela se postou bem na entrada e deixou claro que teríamos de seguir a ordem: oitava série, primeiro ano, depois segundo e terceiro. Fernanda se ofereceu, como presidente do grêmio, pra ajudar nessa tarefa. Ela foi até Vânia, pegou uma das pranchetas e tomou lugar à entrada do ônibus da esquerda. Creio que tenha sido logo depois disso que Daniel se levantou, do nada, e como se estivesse francamente desafiando a ordem, entrou no primeiro ônibus, o de Vânia, sem nem olhar pra ninguém e sem pedir permissão. Fernanda olhou pra ela de lado, mas Vânia só revirou os olhos e torceu a boca.

— *Mas é um personagem mesmo!*

E começou a chamar os nomes do fim pro início. Yara, Victor...

Fernanda chamou Abel, Ademerval, Andréa, Carinna...

— *Tito?*

Ouvi meu nome ser chamado pela Vânia.

Devo ter soltado um muxoxo. Mas eu não era indiferente aos professores, como Daniel. Nem podia me safar de nada alegando que "não tinha entendido". Simplesmente embarquei.

Se a vida fosse um cartoon, seria conveniente Daniel me encarar, do outro lado do ônibus, socando a própria mão de modo ameaçador. Algo nele, no "olhar" dele, revelaria suas intenções de me pegar lá na serra. Mas a vida real não é assim, então, a única coisa que sei com certeza, que constatei ao entrar no ônibus, foi que Daniel estava, de fato, me olhando. Isso dava pra perceber, com a visão periférica. A sensação de ser visto me embrulhava o estômago. Sentei-me à frente de Rato Branco e de Renan e fui pondo minha mochila no colo. Tirei de lá a polaroide, tentando parecer ocupado. Renan, no banco de trás, acompanhava Giulianna embarcar no outro ônibus. Daniel também notou.

E creio que foi exatamente porque eu estava na mira de Daniel que Fernanda deu um jeito de sentar conosco e perguntou o que eu estava fazendo. Era bastante óbvio: se você estivesse nessa de subir a serra num passeio que prometia ao final um banho de rio, é claro que estaria com uma câmera fotográfica esperando o momento exato em que as irmãs Giácomo se revelariam de biquíni. Rato Branco garantia tê-las visto usando trajes sumários pra tomar sol no quintal quando subiu à laje da própria casa. Fernanda não confirmou. Os biquínis delas eram enormes na parte de trás, se ele queria saber. E mesmo assim nós éramos muito bobos se achávamos que elas iam vestir biquínis na frente de um monte de meninotes sem controle dos próprios hormônios. Ela mesma tinha sido questionada por Rita.

— Você vai a esse passeio, Fernanda? Vai usar biquíni?

Com um cutucão dado por Carinna por baixo da mesa, ela disse:

— Maiô. Vou usar maiô de natação.

O ônibus deu partida e alguém se levantou no banco de trás. Fernanda e eu nos viramos pra olhar na mesma hora. Ela com expectativa (será Daniel se aproximando?), e eu com medo (será Daniel se aproximando?), mas era apenas Suelly, uma das meninas feias do quarteto das songamongas.

A voz estridente e pastosa de Álida Aquino se ergueu do fundo.

— Vem pra cá, Suelly. Não vai atrapalhar os evoluídos!

Fernanda voltou a olhar pra frente. Óbvio que era uma indireta pra ela. Talvez alguém tenha ouvido a palavra maiô ou talvez o próprio ato de Fernanda ter dado um jeito de ir naquele ônibus tivesse sido um gatilho pra provocação. Fernanda apenas ouviu o desaforo e engoliu a culpa em silêncio, um padrão que se repetiria até o dia em que tirou a própria vida.

*

Um pesadelo misturado a uma lembrança ruim abre seu primeiro dia em Norwich. No sonho, estava ainda na casa da Silvino Chaves, a casa em que morou com o pai, a mãe e a irmã. Havia um garoto que estava rondando o prédio e Tito sabia que ele queria roubar e fazer mal à família. Precisava trancar a porta por dentro, mas nesse ponto percebia que era impossível. A fechadura estava quebrada, e a melhor ideia que conseguiu ter foi a de fazer amizade com o bandido.

Tito abre os olhos para uma claraboia que mostra o céu nublado acima do teto. Seu quarto é o que antes deveria ser um sótão. Ele tinha escolhido, ao menos para seus primeiros dias, o que lhe pareceu ser o hotel mais idiossincrático da cidade, o The Maids Head, um prédio tudoriano na esquina entre os três principais pontos turísticos: Elm Hill, Norwich Cathedral e Friars Quay, visíveis sem nem sair do quarto. Lembra-se com desgosto da noite anterior. Da chegada a Norwich e do rio no escuro. Tenta dispersar a ressaca emocional da chegada conferindo o celular. É lá que encontra o e-mail de Daniel. "Ora, mas você veio mesmo?!"

Isso o desconcerta. Como assim, *veio mesmo*?! Tinha dito que viria, não tinha?

Logo nas primeiras linhas, Daniel informa que está fora da cidade. Está em Great Yarmouth para assuntos de trabalho. Não queria encontrá-lo lá amanhã e ver as focas?

"Ver focas?" Tito pensa e digita ao mesmo tempo. "Vim aqui pra entrevistar você." Não tinha deixado isso claro antes? Como não tinha deixado isso claro?

Antes de enviar, aperta o *backspace* e se afasta do celular por um instante. Precisa se manter calmo. Seria um jogo?

Precisa ponderar direito antes de responder a essa mensagem. E o primeiro passo era se perguntar: haveria mesmo alguma chance de Daniel estar surpreso?

Resolve que não. É um jogo. Uma estratégia de manipuladores. Aceitam dar entrevista, marcam data, horário e, no instante em que sentem sua importância, quando lhe extraem de seu contexto, passam a tentar impor novas condições. Começam a pôr títeres para todo lado.

Gatilho de subserviência — Tito lembra-se dessa denominação de alguma aula a que assistiu sobre comunicação não verbal. Fica feliz de não ter respondido de pronto.

Afinal, liga o rádio na Classic FM e reconhece, na "Abertura 1812", o ataque napoleônico anunciado pela Marselhesa. Se ele for até Great Yarmouth, se deixar que Daniel dite todas as regras aqui, estará abrindo uma porta que pode ser impossível de fechar depois. O tema da esperança, na música, faz com que ele olhe pela janela, e lá está a torre da Norwich Cathedral. Está vendo-a iluminada pela primeira vez desde que aterrissou e isso parecer um sinal claro de que chegou ao coração de alguma coisa. Mas que coisa seria essa?

"Tudo bem. Aguardo sua volta", Tito escreve para Daniel, mencionando as aulas a que tinha de assistir no City College. Sente-se satisfeito de escrever coisas que são verdade.

E de saber também que Daniel tem algum interesse nisso tudo. Foi ele quem lhe telefonou, pesquisando para isso o número de sua redação de jornal. Ele que fez uma chamada internacional. Ele que transformou "the Norfolk Broads" em um lugar no mapa, e não apenas um trecho da música de David Bowie. Tito pode não saber que interesse é esse. Mas sabe que as pessoas, por mais impulsivas que sejam, não largam seus afazeres e vão atrás de repórteres por nada.

A resposta de Daniel chega na mesma hora:

"Tem certeza? Só chego a Norwich na próxima sexta-feira. Estarão bem assim?"

"Estaria", ele pensa, corrigindo internamente a frase — o gringo desaprendeu o futuro do pretérito. A sinfonia continua para o movimento seguinte, sem intervalo. Tito lamenta a ausência do caderno. Tem a impressão de que, se o tivesse, saberia por que desconfia de Daniel. Por que acredita que Daniel tem um traço de psicopatia? Quais evidências o ligavam a duas meninas que se afogaram em um rio? Volta para a cama e, sob o ruído indistinto da conversa fiada dos locutores de rádio, pega novamente no sono.

CAPÍTULO NOVE

A primeira caminhada de Tito pelo centro de Norwich é, em doses iguais, boa e ruim. Nunca foi bom turista, não consegue ter a paciência e o planejamento necessários para criar e seguir roteiros. Seu método para desbravar um território, se é que dá para chamar de método, sempre foi sair andando e chegar o mais longe que pudesse. Tinha uma vaga intuição geográfica sobre como as cidades se organizavam. Mas esse senso funcionava melhor no Novo Mundo. Além disso, tinha dificuldade com rostos.

Olha por cima do ombro e tem a impressão de ver atrás dele uma mulher loira que já vira antes, mas é difícil ter certeza. Nesta cidade estranha, em meio a todos esses caucasianos, as pessoas são sempre versões de Liam Gallagher e Bridget Jones, e ele precisa de estratégias para gravar rostos na memória. Como vai fazer isso?

Resolve ir à biblioteca da cidade, quer saber se teria como procurar jornais antigos de 1999, o ano em que Daniel saiu de lá, mas precisa, para isso, de um cartão e um endereço fixo. Volta ao ponto que mais lhe dá a noção de centro: o mercado público diante da prefeitura, onde visita o gabinete de informações ao turista. Mas se perde e, quando acha o lugar, a noite já está caindo, o frio está começando a incomodar. Resta passar em um Tesco para comprar suprimentos. Vinho, lâminas de barbear... Ah, isso, com certeza. Já bastava ter de encontrar o entrevistado sem anotações e sem pauta, não queria ser visto também com a barba como estava. Dá uma aparência de fracasso. Afinal é com essa esperança que volta ao hotel. Na expectativa de seu anfitrião ter lhe respondido, acaba se frustrando, afinal, com a mesma caixa de entrada vazia.

*

27 de maio de 2000. Percurso do centro para a base da serra. Duas semanas antes das mortes

Um maiô.

Um maiô foi, segundo a própria Fernanda, o pivô que a separou de Álida. As duas tinham sido unha e carne desde o jardim de infância. Elas perderam juntas os dentes de leite. Eram tão unidas que pareciam irmãs. Duas meninas altas, de cabelos escuros, longos e presos pelo mesmo rabo de cavalo baixo. Elas tinham as mesmas pernas compridas e fracas metidas em pares idênticos de coturnos da Carla Perez. Pernas que as impediam de ter alguma graça na dança ou nos esportes. Eram sempre as últimas a ser escolhidas no time e passavam o recreio sentadas num canto, comendo Cheetos e recortando coisas de revistas da Barbie que, não raro, os meninos chutavam de propósito. Não eu, claro, embora também nunca tenha impedido. E faziam isso só porque parecia inadmissível que alguém fosse tão idiota a ponto de ficar sentado nos únicos dez minutos de intervalo.

No ano de 1999, quando a educação física ainda era no horário regular, Fernanda deu um jeito de se livrar das aulas e das consequentes humilhações por ser a última a ser escolhida no time. Pelo seu desempenho no colégio, tinha conseguido uma bolsa de natação na escolinha conveniada. E Álida foi junto. Convenceu os pais a pagarem, mesmo que ela já soubesse nadar. E, como muitos grupos acabam se unindo mais por suas fraquezas que pelas afinidades, logo em seguida, outras duas párias sociais se uniram à dupla da natação: Eliza Keiko e Williane, e foi assim que ficaram batizadas como o quarteto das songamongas.

Mas as novas amigas logo começaram a implicar com Fernanda. Tinha algo a ver com o cabelo dela ficar armado nos dias úmidos ("isso é coisa de nego") ou com o jeito como a pele dela manchava debaixo do braço ("coisa de nego sujo"), a tendência de Fernanda à acne, o modo como se vestia — crianças podem também ser más a esse ponto. Álida cedeu às pressões do grupo, encostando os coturnos e admitindo que não eram mais tão legais agora que ninguém mais estava usando. Mas Fernanda persistiu, valentemente, usando seus coturnos, seu bracelete no bíceps do lado esquerdo, mechas vermelhas de papel crepom no cabelo. Isso não era legal, segundo Álida. Era coisa de meninas que queriam chamar a atenção dos meninos.

— E qual o problema disso? — perguntei. — Elas não gostam de meninos?

— Não gostam de meninos — Fernanda confirmou. — Mas, sobretudo, não gostam de meninas que gostam de meninos.

— São sapatonas?

— Antes fossem — Fernanda disse. — São crianças, só isso. Não gostam de garotos nem de garotas. Ainda vão gostar, acho.

Mas, por enquanto, qualquer coisa que ameace a infância delas é o inimigo.

Fernanda começou a encorpar, e essa coisa passou a ser a própria Fernanda: os pelos que surgiram debaixo do braço, os peitos. Tudo isso era coisa demais pra esconder dentro de um maiô de natação.

E o detalhe curioso era que nós tirávamos sarro do quarteto das songamongas por serem retardatárias. Crianças grandonas, como bebezonas ineptas e desprovidas de algum tipo de inteligência ou talento. Mas, do ponto de vista delas, aquilo era motivo de orgulho. Elas também tinham suas opiniões sobre as meninas de quem a gente gostava (e, nessa época, ainda anterior às Giácomo, elas eram as meninas do time de vôlei: Flavinha, Ingrid, Natércia — ficavam mais bonitas quando vistas em bando do que individualmente), meninas que já eram autoconscientes, que rebolavam ao andar e sambavam para serem vistas no intervalo. Para elas, era o contrário. "Qual é o problema delas? Onde acham que vão tentando ser adultas aos treze anos?"

Quando surgiu um boato sobre Lavínia, uma das meninas da sétima série, que supostamente contraiu uma infecção por despejar tinta de caneta na própria calcinha para simular menstruação, ficou parecendo que a entrada na adolescência seria muito mais opcional do que de fato era. Os sinais de puberdade de Fernanda começaram a despontar, e ela primeiro tentou esconder do jeito que aprendeu com a televisão: amarrando uma faixa apertada no busto, arrancando tudo que encontrava debaixo do braço com uma pinça, guardando pra si a opinião sobre meninos e escondendo os absorventes sob fundos falsos na mochila. Suportava com estoicismo adulto as velhas brincadeiras de vestir bonecas do mesmo jeito que uma mãe brinca com os filhos pequenos. Mas nada disso ajudou Fernanda a escapar do vestiário no banheiro da natação antes de Álida de repente abrir a porta do chuveiro privativo e se deparar com o corpo de Fernanda: os seios adultos, o púbis já coberto de pelos grossos. Aquilo, para Álida, foi uma enorme traição. Sua melhor amiga havia virado "uma delas" — como num processo de zumbificação mantido em segredo. Escondida, Álida foi até a mochila de Fernanda como um marido traído e lá encontrou não apenas os absorventes, mas também um diário cheio de poemas de amor pra Daniel e narrações de dias que começavam com "Mais uma tarde pondo e tirando roupas imbecis de bonecas imbecis. Meu Deus. Quando ela vai evoluir?".

— Não me ocorria que ninguém fosse ler um código como o meu — Fernanda contou.

Naturalmente, não lembrava que tinham feito aquele código em dupla, uma com a ajuda da outra, o código mais inquebrável do mundo apenas pro caso de um dia precisarem enterrar um tesouro.

Por isso, agora, sempre que Álida encontrava Fernanda, soltava uma piadinha.

— Relaxa — eu disse a Fernanda. — Elas só ficaram com inveja porque você ficou bonita e elas são um aleijo.

— Não são, não. A Álida é bonita. Ou vai ser quando passar essa fase patinho feio.

Fernanda não guardava rancor, aparentemente. Apenas esperava, paciente, pra receber a amiga de braços abertos quando ela cruzasse os mesmos portões da puberdade.

Óbvio que não foi isso que aconteceu. Álida se viu cada vez mais atada a Keiko e Williane. Sandrine entrou na escola no início dos anos 2000, substituindo Fernanda e mantendo no grupo o nome de quarteto das songamongas. A própria Fernanda estava ocupada demais seguindo Daniel pelos corredores pra sequer lembrar que um dia teve algo a ver com as infantiloides. Na hierarquia e nas ligações políticas da escola, Fernanda era o tipo de garota que permeia todos os grupos sem se apegar a nenhum. Era inteligente, articulada, tinha certeza do que ia ser quando crescesse. Uma espécie de Lois Lane do jornalismo ou alguma advogada dessas que vemos nos filmes defendendo marginais. Foi ela quem instaurou um grêmio, tornando-se por direito presidente dele. Trocou uma amizade chata por várias divertidas com grau muito mais propício de afastamento pra ela. Seu único ponto fraco, a única coisa que poderia impedi-la de dominar o mundo, era a mesma coisa que a separou da melhor amiga: ela gostava dos garotos. E, independentemente de os boatos sobre Daniel serem ou não verdade, isso não era um bom presságio. Era a seta obscura apontando para um mal que talvez nem ela própria conhecesse.

— Posso te pedir um favor? Tira uma foto minha na frente de Daniel? — ela disse. — Quero que ele me veja sendo fotogênica.

Foi bem nesse ponto, na base da serra, que o ônibus parou, e eu apenas me levantei, desci e saí andando sem prometer nada.

*

Em Norwich, as coisas não melhoram para Tito ao longo das setentas e duas horas em que espera por Daniel. Para começar, recebe, na quarta, uma mensagem de Renan logo cedo. "Deixei seu caderno com a Renata. Ela disse que ia te enviar pelos correios assim que pudesse."

É uma lástima.

Não entende, sinceramente, como Renan achou que isso era uma solução viável. Não entende, aliás, como funciona a cabeça das pessoas. Nem a sua própria.

E isso o faz lembrar: precisa retomar sua rotina de treino. Precisa correr para não ligar agora mesmo para Renan e dizer coisas das quais vai se arrepender.

Sai do hotel. Seus primeiros passos são especialmente dolorosos. Assim que começa a correr, descobre um estranho efeito do frio em suas articulações do tornozelo: pontadas em forma de choques elétricos que percorrem a canela e irradiam pelo joelho e quadril. Seu *pace* é de cinco minutos por quilômetro, mas ele reduz a velocidade para se distrair vendo os ingleses em seus rituais de compras para o Halloween. Passa pelo mercado, no qual várias abóboras estão em destaque. A cidade parece uma caricatura da data, com seus plátanos, teixos e folhagens alaranjadas. O Samain céltico sem dúvida deixou aqui uma marca. E é uma atração e tanto numa cidade histórica, cheia de igrejas medievais e castelos. Talvez devesse desistir da corrida e passear: nunca tinha passado o Halloween em uma cidade que de fato o celebrasse. Mas, no fundo, sua capacidade de apreciar tudo da forma como estava apreciando se ligava diretamente ao fato de estar correndo. Então continua. Um detalhe sobre si mesmo chama a atenção de repente. É algo curioso que acontece com sua mente quando corre. À medida que o corpo inteiro se ocupa de manter o ritmo, seu pensamento se torna calmo, fluido, livre. Um desconforto interno, constante, é desativado. A prefeitura está cheia de teias de aranha falsas, bruxas e fantasmas na fachada. Avança pela Guildhall Hill. A respiração está compassada. Passa por lojas dedicadas apenas ao evento nas quais, em meio às aranhas de plástico, um Mr. Bean de papelão o espreita em tamanho real, bem à maneira do humor inglês. Volta a pensar no caderno. Pelo que se informou, um pacote leva apenas uma semana para chegar aqui. Menos até, se tiver sorte. Até lá, vai se dedicar a estudar a cidade. Afinal, descortinar East Anglia era descortinar também Daniel. Não? Sua origem? O que era exatamente ser um garoto criado aqui? O que ele viu nos anos 1990 que o resto de nós não viu?

Segue para a Earlham Road. Passa ao lado da enorme St. John the Baptist, ouvindo os sinos repicarem, e é nesse ponto que as endorfinas estão em seu ápice, o nariz escorre, as mãos esfriam, e ele se vê lembrando aquela tarde em que poderia ter beijado Carinna Giácomo. Agora que começou a lembrar, não pode mais conter as memórias.

E, então, para. O caderno. Com Renata. A raiva que sentiu antes vira uma culpa descabida. Ela vai abrir. Sim. E não vai sossegar enquanto não ler tudo. Ele não vê mais a diferença entre si e o menino que foi. E... será que uma crise de ciúmes retroativos poderia ameaçar um casamento de dez anos? Por que, então, sente que está agora mesmo num triângulo amoroso com uma morta?

De noite, um pensamento o desperta no meio da madrugada: será que não deveria rabiscar as coisas das quais vai se lembrando? Só de memória, poderia rascunhar os principais eventos que lhe ocorrem quase que em forma de lista e avançam em ordem emocional até a hora que as meninas decidiram tomar banho de rio. Abre os olhos e dá de cara com a lua e sua iluminação prateada enquadradas pela claraboia acima de sua cama. Começa a sentir-se equivocadamente comovido. Não é só a lua, são também as lembranças, e ainda o rádio que deixou ligado e toca "Florida Suite n. 2", de Frederick Dellius. Começa a questionar: por que suspeita que Daniel possa não apenas ter visto o que aconteceu com as irmãs Giácomo mas, também, ter de alguma forma participado do afogamento, ou até mesmo o causado? Poderia escrever agora algumas lembranças que lhe vêm de assalto, mas teme que isso seja se tornar vulnerável às modificações que a memória faz dos acontecimentos tais como realmente ocorreram.

Cada tópico era um dos eventos que na época julgava importantes: a chegada de Daniel à cidade, vindo de alguma dessas tragédias familiares; o dia em que Daniel desenhou Giulianna Giácomo; o depoimento que tinha da menina da Malhada ("Ele disse que queria me desenhar e me *estrupou*").

*

27 de maio de 2000. Passeio na serra

O ar ainda estava saturado de oxigênio e não havia amanhecido por completo quando chegaram ao pé da serra. Feliciano, o coordenador, ia mais à frente e ninguém tinha pressa de alcançá-lo. Os professores tinham de ficar espertos: havia o constante risco, segundo eles, de alguém se perder do grupo. Bem, nós esperávamos por esse risco. Era quase frustrante. Não parecíamos estar subindo uma serra, e sim uma longa ladeira em estrada de terra, que não acabava mais. Eu caminhava ao lado de Gabiru, Rato Branco e Ademerval, um pouco atrás do grupo que ia com a professora Keyla. Ela, por sua vez, dava explicações sobre aquela vegetação e a diferença que haveria caso o clima fosse temperado.

Um pouco atrás, em passos cada vez mais lentos, vinham Leocádio, Sobreiro e João Pipoca, que subiam discutindo os eventos da última festa de aniversário pra qual eu não tinha sido convidado. Daniel ia caminhando calado. As meninas do time de vôlei paravam o tempo inteiro pra tirar fotos que seriam reveladas depois, e eu via ali uma brecha pra me aproximar e dizer: "Não querem uma foto que seja revelada na hora?". Estava prestes a sugerir isso quando Fernanda fez com que duas das meninas do time aceitassem posar junto com as irmãs Giácomo. Essa é a peça número dez. E fez tanto alvoroço, sua revelação acontecendo aos poucos, na hora, que quase estragou todos os planos do que eu queria retratar.

— Tira uma foto da gente — pediu alguém do primeiro ano que eu não fazia ideia de quem fosse.

— Tenho poucas poses. Desculpa.

Fotografei Fernanda no seu momento "fotogênico" (peça número onze). Fotografei o momento em que Daniel se aproximava do trio formado por Fernanda, Giulianna e Carinna (peça número doze). Fotografei o momento em que Daniel e Giulianna aceleraram um pouco e se puseram à frente de

Fernanda e de Carinna (peça número treze). E então cogitei acelerar o passo pra alcançá-las. Em vez disso, reduzi. Na verdade, a boa ideia seria observá-las com cuidado e também observar Daniel. Sim, pois afinal eu podia usar a chance de causar uma boa impressão como fotógrafo. Percebi que nessa hora os casais estavam se formando. Rato Branco conversava com Elaine enquanto "escalavam", e essas são as palavras deles. Leocádio e Sobreiro cochichavam e lançavam olhares na direção das meninas feias, que lanchavam. Didão estava dividindo sanduíches com Tatiana, que comia e balançava a cabeça, numa expressão mais horrorizada que divertida. No meio disso tudo, parecia haver algo contrariando Álida. Tínhamos a impressão de que ela estava incomodada, e eu me perguntava por que nos importávamos tanto com ela de uma hora pra outra. Então parei quieto no meio dessa situação, ainda cheio de endorfina pelo esforço físico, enquanto a professora Keyla olha pensativa na direção dos alunos, e me perguntei: quero mesmo ir falar com Carinna ou quero que Carinna me veja de longe? Quero ou não quero ser amado por ela do jeito que Fernanda ama Daniel? Minha vontade era me levantar dali, sair escalando a serra feito um bicho guiado apenas pela vegetação, num ritmo que realmente me fizesse sentir algo. Talvez assim eu me tornasse um desses caras que não chega a realmente se importar em ficar com a garota. Ficar com a garota é ridículo. Só os personagens mais tontos realmente ficam com as garotas. Os verdadeiros heróis são amados, mas terminam sozinhos. Têm uma sina, e é bem aí que vejo a quadrilha formada: Álida amava Fernanda, que amava Daniel, que amava Giulianna, que amava Daniel de volta, e, como sempre acontece quando há um único amor recíproco, todo o resto falha, sobra, e você nem sequer consegue incluir no poema seu amor por Carinna, já que isso, de fato, não tem importância alguma. Carinna e Giulianna morrem. Fernanda se suicida.

Como se arrancado dos meus pensamentos, percebi Álida se afastando do grupo para dentro da mata e vi Leocádio dando uma cotovelada em Rato Branco, que lançou uma risadinha e um balanço negativo de cabeça. Na quadrilha, voltei a pensar, na quadrilha, talvez, exceto por Giulianna e Daniel, todo mundo vai ficar com suas segundas opções e até Álida vai se dar bem. Quando me lembrei: Álida ainda não gostava de garotos. E, com faro pra descobertas, segui Leocádio, quis ver o encontro dos dois e mostrar a Fernanda. Escutei então um "sai daqui" naquela voz pastosa de Álida. Seguido da negativa de Leocádio.

— Por que eu ia sair?

Não conseguia realmente vê-los, mas reconhecia as vozes. E a de Leocádio falou muito claramente.

— Você não manda neste lugar. Não manda na serra.

— Mas eu tô pedindo licença — ela disse.

— Por quê? O que você quer fazer?

— Nada.

— Então não tem problema se eu ficar aqui.

— Não! Tem problema, sim. Vá ficar com seus amigos.

Então ouço passos quebrando galhos secos e se aproximando, e alguém seguindo os passos.

— Você veio aqui mijar, não foi?

— Não! — disse ela horrorizada.

— Eu sei que vai.

— Não vou.

— Faça o que tem que fazer, então.

Era um bom momento pra um herói intervir, talvez. Mas eu estava desconfiado. Por que ela não gritava pedindo ajuda? Por que continuava sendo cordata? Por que, se a situação não lhe agradava, não mandava Leocádio à merda?

— Me conta. Como é que você diria que vai mijar? Me pede permissão que eu deixo.

Ouvi uma risadinha. Ela ria. Ria, ainda que ironicamente, e dizia algo como "rá, rá, rá. Muito engraçado". Como se estivesse na verdade gostando.

— Vamos. Tá querendo mijar? Tudo bem. Eu deixo. Só quero ver. Só vim vigiar pra ninguém atrapalhar. O que é melhor, que eu te veja mijando, eu que tô aqui sendo seu amigo, ou que todo mundo da escola te veja assim?

Eu me movi um pouco e foi aí que vi que ela estava quase chorando. E bem nesse momento Daniel apareceu.

— Ei, que merda é essa?

Ele chegou logo mandando o empurrão. Os dois saíram rolando pelo barranco, e Álida, que nesse ponto já estava chorando, permaneceu imóvel. Ela só fez pôr a mão no rosto tampando os olhos enquanto o mijo, incontinente como o choro, escorria pelas pernas da calça jeans clara numa mancha escura que se espalhava pela parte de dentro das coxas até as canelas, e formava uma poça na terra. Daniel e Leocádio ainda rolavam. Eu sabia que o movimento seguinte seria verem Álida. Alguém tinha de puxá-la de lá. E, como eu era a única pessoa disponível, essa pessoa fui eu.

Ninguém viu Álida se mijar além de mim. Tudo que se soube sobre o passeio frustrado foi que Daniel e Leocádio *tinham se engalfinhado numa briga que interrompeu a curti-ção de todo mundo e que eu, justo eu, estava no meio da mata fazendo sabe-se lá Deus o quê, no rio, na companhia de Álida. Que afinal foi a única ideia que me ocorreu: fazê-la entrar no rio com roupa e tudo pra assim disfarçar o mijaço. Justo a menina que já era um desastre social e que agora estava sendo apontada como minha namorada quando devia ter parecido que eu a salvara de algum afogamento. Por que diabos eu ficaria com Álida? Por que as pessoas pensaram que eu faria isso?*

Eu sabia o porquê. Porque pra todo Daniel há sempre uma Giácomo. Mas pra cada Tito, um otário de apelido Apingorá que só entrou no time da escola à custa de muita sorte, que precisa de uma polaroide pra puxar conversa, alguém como eu está destinado às Álidas da vida. A menos que eu fizesse alguma coisa extraordinária capaz de mudar isso.

*

Quando viajou sozinho para a Inglaterra antes, em 2009, tinha a seu favor muitos fatores. O primeiro deles, o pano de fundo. Já que, afinal de contas, era Londres. E, na primavera de 2009, todo o rescaldo do indie rock, que hoje é lembrado como uma grande ressaca, parecia na época uma enorme promessa de bis. Em qualquer pub que se entrasse, no bairro de Camden, corria-se o risco de testemunhar um pocket show surpresa do Carl Barât. Amy Winehouse andava, ainda viva e bêbada, pelas ruas da cidade, e ele tinha ingressos para o Morrissey, que acabara de lançar *Years of Refusal*. Mas agora a cidade é Norwich, Morrissey é um reacionário racista, e ele já não pode ser jovem de novo.

Aliás, é isto: a cidade é Norwich. E as aulas que ele tem são em um *leisure course*.

Com seu sobretudo preto, sapatos de couro e os cabelos arrumados à base de pomada e secador, chega à universidade com uma antecedência gritante até mesmo para a Inglaterra. Carrega nas costas uma mochila contendo o laptop e o bloco de notas. Nas mãos, o comprovante de sua matrícula para o curso no qual está inscrito, de escrita memorialística. Olhando a moça na recepção, tem a impressão de que poderia ser a mesma recepcionista do hotel, mas sabe que não é. Trata-se apenas de *outra* Bridget Jones.

Aos poucos, os outros colegas vão chegando. Primeiro um homem barrigudo, que ele associa imediatamente à figura do ator Kevin James para tentar memorizar seu rosto. E este Kevin James, por sua vez, vem conversando com outra Bridget Jones. Em seguida, um senhor magro (Bill Nighy, com certeza), que diz que podem chamá-lo de Papa Allen. Também chega uma Emma Thompson de cabelos acaju e um sorriso muito simpático, e eles sobem todos em um comboio.

A aula inteira foi uma sobreposição de desconfortos, e ele voltou para casa sem ter memorizado um só nome, sem ter aprendido nada e sem ter chamado nem um único colega para uma cerveja. Talvez Renata estivesse certa. Na idade em que ele estava, não deveria estar mais aprendendo, e sim ensinando ou produzindo coisas. Deveria estar criando sua filha. A faixa etária à qual ele pertence não existe no City College. Seus colegas são todos ou de uma ala mais jovem, ou de uma ala geriátrica.

E assim, da cama, esta noite, olha para o retângulo de céu sobre sua cabeça. Não poderia imaginar todos esses percalços em sua empreitada. Sente-se como se não fosse capaz de tirar proveito de nada ou de se manter em um propósito. Deitado, pega de novo o celular para ler. Não fala com Renata nem com Clarinha e consegue imaginar muito bem como a esta hora elas descansam procurando um filme na Netflix. Não estão sentindo sua falta. Ele sabe disso. Estão acostumadas que esteja fora. De certa forma, ele se pergunta, será que algum dia esteve dentro? Será que algum dia foi parte daquela família ou de algo maior?

CAPÍTULO DEZ

A sexta-feira chega, e, sabendo que Daniel está prestes a voltar, Tito vasculha, preocupado, os sebos na St. Benedicts procurando se distrair e encontra, afinal, um livro em português brasileiro. É a biografia de Max Perkins, uma edição grossa, cuja capa tem uma simpática caricatura do editor mais emblemático de que se tem notícia. O livro traz ainda marcas sublinhadas de grafite. Em uma delas, o editor diz a uma das filhas: "Toda boa ação que um homem faz é para agradar a seu pai". Leva o livro consigo e sai refletindo sobre a frase. Quando pensa no pai, o que lhe vem à mente é seu fôlego entrecortado. Ele se lembra especialmente do pai usando bermuda e assistindo à televisão de ressaca aos sábados, deitado na cama, com seu violão. Há uma lembrança específica também da vez que a atividade da escola era entrevistar alguém que tivesse se destacado em sua própria área. Por preguiça, escolheu entrevistar o pai.

— Como você conseguiu sair de "faz-tudo" ao posto que tem hoje no banco?

Não era uma história totalmente desconhecida para Tito. Já tinha ouvido a mãe falar diversas vezes: o pai entrou na empresa como garoto de recados. Ela sempre descrevia com admiração as façanhas dele. Mas o próprio pai não contava como se tivesse ido da base ao topo, em um deslocamento vertical, e sim como se tivesse se movido para o lado: começou a trabalhar com o malote de um lugar, depois com os malotes do banco, um concurso interno aqui, outro ali, seguiu as etapas... E ao fim disse:

— Tive sorte.

— Pai, o que você seria se não fosse gerente do banco?

Ele então parou de dedilhar o violão, como se pensasse no próximo acorde. Olhou no canto a penumbra.

— Aviador — respondeu com um semblante que atingiu Tito em cheio.

Agora Max Perkins lhe traz essa recordação.

Tendo tido seu pai como primeiro entrevistado (que falava pouco e dava respostas ruins), Tito precisou aprender a descascar um interlocutor aos poucos. Dedicou-se a essa tarefa não só para a escola, mas por toda a vida. Uma pergunta aqui, outra ali, vibrando por dentro sempre que achava uma fenda (descobrir que o pai havia sido reprovado um ano na escola; descobrir que apanhou muito do próprio pai).

No fim, é sempre uma questão de fazer as perguntas certas, blefar sobre seu interesse nas respostas, descobrir, tateando, as pequenas rachaduras no muro e erodi-las, com paciência, até estar do outro lado. Não devia estar tão preocupado em entrevistar Daniel, com ou sem caderno. Só precisava achar um ponto que doesse de verdade e daí atravessá-lo.

*

A rachadura de Carinna era o Bar do Naldo. Na verdade, acho que, de modo geral, aquilo de ver Carinna ou Giulianna no boteco se repetiu poucas vezes. Mas havia outras coisas. Houve, por exemplo, o dia em que Cleide conversava com minha mãe na cozinha.

— As sobrinhas de Naldo, por exemplo... — Eu abria bem as orelhas pra ouvir o que seria dito.

Em geral, falavam sobre criar meninas. Cleide parecia ansiosa. Com sua bebê no colo, já tinha muitas ideias definidas sobre o que fazer com a filha quando estivesse adolescente. As meninas têm, cada uma, sua maneira de dobrar os pais e enfiá-los no bolso dependendo do que tiverem na manga. Giulianna, pelo jeito, era mais doce e estratégica. Ela havia se mantido muito carinhosa. Ofereceu-se pra lavar os pratos e levou o café na cama com uma flor na bandeja, quando anunciou em casa o passeio na serra e a importância das atividades extracurriculares. Já Carinna pegava carona nas conquistas da irmã e, se quisesse algo, usava o argumento "mas vocês deixam a Giulianna fazer!" ou simplesmente batia o pé e se revoltava, gritava.

— Aquela menina é uma peste!

Do canto em que eu estava, já ficava satisfeito. Era uma informação boba, mas adquiriu um valor imenso pra mim como se nisso estivesse contida uma chave da minha própria personalidade ("eu gosto das rebeldes", disse pra mim mesmo) e uma chave pra compreensão sobre o laço entre as Giácomo. Com criação católica, o apelido de Carinna em casa era "preta", porque era a ovelha dissidente do rebanho.

A despeito de todas as minhas especulações e do quanto me arrumava pra abastecer meu pai de cigarro e de cerveja nos dias que ele estava em casa, só vi Carinna no Naldo algumas vezes mais. Numa delas, estava abrindo o balcão.

Tirou de lá uma embalagem de miojo e olhou pros dois lados antes de afaná-la, enfiando-a na bolsa e olhando silenciosa na minha direção. Não disse nada até Naldo voltar com um maço de Derby Suave: "Não é mais suave se ele fumar o dobro, sabe?". Outra vez ela simplesmente continuou olhando o tabuleiro de xadrez enquanto Giulianna brincava com o bebê.

Eu não sabia o que nada daquilo significava. Talvez só que eu já fosse viciado em colecionar informações e fazer pesquisas, mesmo naquela época.

*

O primeiro prêmio de Tito, o AETC, de 2009, foi sobre o que popularmente se chamava de colônia de leprosos. A série de reportagens se baseou quase inteiramente em depoimentos de familiares dessas pessoas que ficaram isoladas e fez com que ele e o chefe de redação achassem que realmente levava jeito para a coisa, pois era seu primeiro ano de trabalho. Foi também o ano em que seu pai morreu.

Tito escrevia a história sem pressa, sem pensar no que faria depois com aquilo. E estava estagiando quando o pai começou a se queixar de uma tosse. Febre. Foi internado e então veio a última notícia: o médico mostrando na imagem dos pulmões a cicatriz de uma tuberculose na infância. Tito se sentiu obrigado a engolir a informação, bem como todo o resto que vinha a reboque.

O pai morreria em decorrência de um câncer de pulmão.

— O caso dele é complicado — o médico disse. — Os dois pulmões estão comprometidos. O melhor modo de poupá-lo do esforço é deixando-o em coma induzido. Isso o plano não paga. E as esperanças são poucas. Eu daria dois, três dias, talvez uma semana. Mas sempre existem os milagres...

O médico explicava, achando muito poético, que um ciclo que se completa rápido também se deteriora rápido. O ciclo de uma digestão pode levar umas vinte e quatro horas para se encerrar. Assim, por definição, problemas no sistema digestivo são de lento avanço, fáceis de detectar, fáceis de curar. Não era o caso do pulmão. Em última análise, é mais fácil ficar sem comer do que sem respirar.

O ciclo de uma respiração leva dois segundos, até menos. E do momento em que esse ciclo se mostrou falho até matar seu pai foi o tempo de um feriado.

Então se seguiram dois meses de negação. Seu contrato de estágio no jornal acabou, Tito se formou e pegou o avião para o que chamou de "viagem de formatura". A viagem que o trouxe para a Inglaterra pela primeira vez. O pai não o viu pegar o avião no aeroporto de Recife, não recebeu sua ligação feita de um dos telefones públicos em Muswell Hill. Tito passou meses tão agradáveis em Londres que ninguém diria, ao olhar para ele, que ali estava um garoto que acabara de perder o pai. Ali estava um garoto que, ao voltar, teria de lidar com caos emocional, desespero, atestado de óbito, papelada, inventário, apólices de seguro, advogados, liberações e as insuficientes ajudas de colegas do pai, do banco em que era funcionário. A mãe e a irmã se mudaram para uma casa menor e Tito passou algumas temporadas dormindo no apartamento que Renata dividia com uma colega até finalmente ser adotado como se fosse um cachorro de rua, todo irascível, que se adocicou e depois se casou com a dona.

Às vezes, Tito pensava que, no fundo, tudo que estava pedindo era uma chance de reconstruir aquele mundo em que duas meninas morrem afogadas, mas o pai, sóbrio à força, continuava respirando a fumaça de seu Derby Suave. Um mundo no qual ele ainda tinha uma rede de apoio. Mas lá estava ele, sozinho, em uma cidade estrangeira, depois de dez anos de casamento. Desempregado, com dinheiro para uns três meses, sentindo falta da filha em um domingo ensolarado, saindo de um pub com dois *pints* de *pale ale* na cabeça, carregando em uma sacola dois livros em inglês e garrafas de scotch, comprados em sebos e lojas de luxo. Já se arrependia da extravagância, pisando em um tapete fofo e úmido de folhas de plátano como em um filme que só aumentava a sensação de que nunca ia ser bom o bastante. Nunca ia ser senhor de coisa nenhuma, não era um bom exemplo para a filha, não podia dar a ela estabilidade e sentia uma enorme decepção porque, afinal, sabia como acabavam os homens impostores. Eles entopem o corpo de gordura saturada, nicotina, álcool e pulam de um a outro canal de televisão, insatisfeitos e cansados. Sempre cansados de tentar. Vinham-lhe à mente os constantes esforços do pai para descansar. Relaxar. Coisa que não parecia conseguir nunca, para ao final o médico dizer:

— Não tem nada em boas condições pra doação, coração, pulmão, nada.

Tito sentia uma pena enorme do pai por ter passado tanto tempo, tanto tempo, tentando desacelerar o motor. Por todas as latas de cerveja que usou nessa tentativa. Tentando descansar e tentando o tempo todo convencer o filho de que não devia seguir seu exemplo. Que não era um herói, mas ainda assim tinha de atravessar para o outro lado da ponte. E que, pelo amor de Deus, não está vendo que estou segurando essa ponte com meus próprios músculos para você atravessar?

Era esta a imagem do pai: tinha passado cinquenta anos esticado para que Tito pudesse correr por cima dele e chegar lá à Inglaterra, aonde ele não poderia chegar sozinho. Mas Tito havia se demorado. O pai caiu. E ele caiu junto.

CAPÍTULO ONZE

Pega um ônibus para as proximidades do castelo onde talvez pudesse descer pela Prince of Wales, que o Google garantia ser o lado boêmio da cidade e onde Tito não encontra mais que dois ou três gatos pingados, bares abertos e promoções de drinques sem ninguém para bebê-los, ninguém para conhecer além dos próprios bartenders. Continua andando a esmo. Quer esquecer Max Perkins e as convicções dos outros. Os processos e livros dos outros. Está óbvio que andar a esmo pela cidade tudoriana não o está deixando mais próximo do objetivo de escrever sobre Daniel. Não é que as ruas dele o reprovem, é pior: elas nem sequer o olham de volta, e a sensação é de visitar um museu através do computador, com uns óculos 3D. Entra em um pub. Escuta um *I'm afraid you're out of luck*, advertindo que fechariam em breve e não, não, tinham nenhuma cerveja *weiss*, apenas *pale ale* e a *stout*, que ele aceita tomar, a largos goles, antes de sair pela porta. Atravessa a rua para o The Maids Head Hotel.

Tropeça pelo saguão até a recepção, pega a chave e é informado de que haviam deixado um recado. No bilhete, anotado à mão, está escrito "Tito Limeira. Call me: 07778365478, Daniel".

A caligrafia é inconfundível. Vertical, sem inclinação, os Ts cortados muito embaixo. Tito agradece e sobe para o quarto com aquilo na mão. Ainda está nauseado da bebida, percebe isso ao entrar pela porta. Então fica um minuto sentado na cama antes de discar o número.

*

8 de março de 2000. Centro da cidade. Dois meses antes das mortes

Quando o passeio na serra foi interrompido pela briga, os dois acabaram sendo suspensos dos jogos de futebol como punição. E, embora eu também tivesse sido repreendido por ter fugido com Álida pro rio, me senti mal por Daniel. Na volta, era meio--dia e o sol estava a pino. Caminhávamos pela mesma rua sem cumprimentar um ao outro. Até que ele se virou pro lado e disse:

— Tá a fim de uma cerveja?

Cerveja era a bebida do meu pai. E beber era uma coisa que eu não fazia.

Não queria, na verdade ainda estava com medo de que Daniel me quebrasse em dois, mas não tinha nada pra fazer em casa quando voltasse. O convite também veio tão inesperado que acabei aceitando. Passei a equiparar o passo com o dele. Um silêncio brutal se ergueu, pro meu desconforto, e tentei quebrá-lo.

— Foi legal o que você fez — eu disse.

Mas ele só meneou a cabeça. Não esperava mesmo que fosse passar a conversar. Minha mente começou a girar em torno de algum assunto. O silêncio me incomodava. Daniel provavelmente sabia disso e talvez por essa razão o impusesse. Caminhar ao lado dele era como caminhar ao lado de alguém famoso ou muito ameaçador. Você se sente cheio de perguntas pra fazer, mas não quer incomodar. A primeira pergunta, naturalmente, a que mais me intrigava era: por que ele tinha feito aquilo? Por que não estava avançando em mim como avançara em Leocádio saindo em defesa de uma menina que...

— *Álida é sua amiga?* — *perguntei, afinal.*

— *Quem?*

— *A menina, lá da serra. A que...*

— *A que o garoto tava incomodando?*

— *Sim. Vocês se...*

— *Não. Por quê?*

— *Ué, você entrou numa briga por causa dela.*

— *Não foi por causa dela.*

— *E você nem sabia se ela não tava gostando de ele estar lá, falando com ela...* — *ainda acrescentei.* — *Ela até deu umas risadinhas.*

Ele parou o passo por um instante. Olhou pra mim, depois pro chão, coçando no queixo uma barba imaginária. Parecia intrigado. Então ficou quieto, pensativo. Seu olhar escapou pro lado como se tentasse lembrar um detalhe. Ou buscasse o jeito certo de falar o que tinha a dizer. Afinal disse:

— *A voz dela tremia. Dá pra notar, se você repara bem.*

Mas, pelo jeito, isso era algo que ele só conseguia ver agora, em retrospecto. Olhei pra baixo. Então ele cedeu e continuou a explicação:

— *É que nem futebol. Você não pensa. Vê o que tem de fazer e já tá fazendo...*

— A propósito — eu falei —, desculpa por aquilo do jogo. Acho que eu... me descontrolei.

Ele deu de ombros.

— Não ligo. As pessoas não gostam de mim aqui. Querem me expulsar ou mudar meu jeito.

— Talvez mudar tenha suas vantagens.

— Qual a vantagem de nadar contra a correnteza? Vai por mim, é bobagem. A gente tem que ir a favor dela. Chegar mais rápido com a metade do esforço. Só isso.

Continuei andando enquanto olhava pros meus sapatos, com a impressão de que havia acabado de ter alguma espécie de revelação, mas que essa revelação havia passado muito rápido e não tinha dado tempo de capturá-la. Fiquei quieto, demos mais alguns passos. Quis deixar o assunto morrer.

Entramos num bar ali perto da estrada. Ele me perguntou se eu tinha acompanhado a discussão desde o começo.

— O que ele queria, o seu amigo?

— Leocádio?

— O que queria com a menina?

— Sei lá... Acho que queria ver a buceta dela.

Daniel riu.

— O quê?

Dei de ombros. Era uma situação bizarra até o último grau. Por que um cara cotado a ser Mister Popularidade estaria perseguindo Álida? Era como se estivessem em estratos sociais diferentes, como num regime de castas.

— Não. Ele só queria humilhar a menina.

Nos sentamos numa calçada da curva que dava de frente pro morro. Ele olhou adiante.

— Tá vendo ali aquela torre da fábrica de vela?

E claro que eu estava vendo. Era impossível não ver a fábrica de vela dali de onde estávamos.

— Vou abrir um negócio ali — ele disse. — Vou fabricar e vender tecido.

Era claro que eu não entendia o que é que dava em alguém pra achar grande coisa a ideia de fabricar tecido. Mas se Daniel achava boa ideia, então talvez fosse mesmo uma coisa espetacular.

— E vai fazer isso como?

— Juntar dinheiro primeiro, claro. Preciso construir a fábrica. Depois preciso do dinheiro pra matéria-prima.

— E isso é possível?

— Não é impossível. Se eu... como se diz? Der duro pra fazer uns extras.

— Tu não vai ser contratado em lugar nenhum enquanto não se formar no secundário.

— Tu que pensa. Tô pegando uns trabalhos. Aqui e ali, ajudando a descarregar caminhões no supermercado. Vai ficar mais fácil quando não tiver mais que ficar acompanhando minha tia naquele colégio toda manhã.

Então finalmente ele perguntou se eu ia no aniversário da Fernanda, eu que nem lembrava que a Fernanda estava pra fazer aniversário.

— Bom, ela é minha prima.

Eu disse pra mim mesmo que seria convidado uma hora ou outra. E foi aí que não me contive:

— Escuta, mas e se você quisesse ir pro lado contrário ao da correnteza?

Ele se virou pra mim com curiosidade. Como se lhe custasse a relembrar o assunto.

— *Por que eu ia querer isso?*

— *Porque é mais ensolarado lá, mais bonito... sei lá.*

Fez que não com a cabeça e soltou um risinho.

— *Não importa se é mais bonito... Não se você se afogar no caminho. Ninguém escapa de ser o que é.*

Não sei por quanto tempo ficamos ali, quietos. Eu estava pensando se ele havia incluído Giulianna Giácomo nos seus planos. Mas isso pareceu uma pergunta imbecil. Claro que não tinha. E, além do mais, eu estava com a súbita sensação de significância de quando trocamos umas amenidades com alguém importante. Você simplesmente não quer estragar o clima. Quer ficar bem ali sentindo que agora é amigo de Daniel e que isso faz de você alguém diferente. Pode ir pra casa neste exato instante. Pode ir pra casa e continuar sendo exatamente quem você sempre foi: Tito, um menino que nunca bebeu e que não tem entre seus amigos um gringo cuja família é fichada. Um garoto que havia interrompido todo o passeio ecológico pra se engalfinhar numa briga por causa de uma menina feia, ainda por cima incontinente, e é aí que está sua grande escolha.

— *Tá. Me passa essa cerveja.*

Abri a latinha com alguma expectativa que acabou sendo exatamente a lembrança afetiva que tinha dela: mijo e vômito espumoso, começou a chover mais, e isso me fez lembrar do rio e de Álida de novo, como eu não precisava mais me preocupar com o que pensassem de mim sobre ela. Porque agora, assim como as águas mudavam, eu mudava também. Tomei uma cerveja: eu já era uma pessoa diferente.

*

O tal The Last Pub Standing fica na King's Street. E Tito já devia ter passado por ele algumas tantas vezes sem nunca de fato ter reparado no estabelecimento, visto que eram todos igualmente promissores e decorados com as mesmas malas antigas, cadeiras dos anos 1950, Chesterfields marrons e outras coisas do gênero. São sete horas, mas ele tem a impressão de que passa da meia-noite. À medida que se aproxima do lugar e seus passos vão ecoando no vazio da noite, confere no bolso a carteira e o celular para gravação, mas duas tarefas motoras ao mesmo tempo o desconcentram. As ruas são irregulares, seu tornozelo é ruim e o equilíbrio lhe parece precário. Dá-se conta de que, na verdade, não está sóbrio. Vai precisar abrir caminho em meio ao nevoeiro de embriaguez para conduzir uma entrevista respeitável. Mais do que isso: vai precisar parar na esquina, tirar o celular do bolso, fazer uma coisa de cada vez, para deixar o gravador ativo... Na tela do celular, vê a foto de Clarinha e o mostrador está marcando 9°C com sensação térmica de 5°C. Olha rapidamente para todos os lados. Uma coisa que ele repara é como um brasileiro nunca estará confortável mexendo no smartphone parado em uma rua deserta. Feito isso, se apressa hiperdimensionando o som dos passos dos poucos transeuntes nas ruas perpendiculares. Um homem alto vem caminhando pelo outro lado e entra no pub. Só pode ser Daniel.

Parece duas vezes mais alto do que era aos dezessete anos, mas não mais forte, e não sabe por quê, mas essa é a primeira coisa que lhe vem à cabeça ao vê-lo de novo, que seu tamanho ainda o intimida. Tito caminha até a janela do pub.

Quer observar de longe. Quer ver como seu entrevistado mantém a postura. Como fica de pé, diante da bartender, sem sobrepor o peso do corpo para o balcão. Como tira o iPhone do bolso e digita com os dois polegares. Nenhuma idiossincrasia. Nenhuma esquisitice. Ainda veste o casaco preto de lã. Usa calças pesadas e seus sapatos são uma espécie de Oxford. Bem neste momento, como se adivinhasse ser observado, Daniel guarda o próprio telefone e olha através da porta. É aí que Tito se põe de novo em movimento até a entrada.

— Daniel? — pergunta, inclinando-se um pouco para o lado... pois devia ser difícil reconhecer ou se certificar... Mas estava claro que era ele, soube mesmo antes de ter entrado.

— Daniel Peach?

Ele abre os braços ao ver Tito se aproximar. Um gesto do tipo "Eis-me aqui", e Tito, de seu arcabouço de atores, tira certeiro um Ewan McGregor em *Trainspotting 2*. E Daniel sorri exatamente como o personagem do filme sorriria. Sonso. Pronto a enfiar qualquer desavisado em uma roubada.

Daí se abraçam. Ou melhor, Tito o abraça desajeitadamente. Não sabe por quê. Talvez seja o costume de abraçar os amigos sempre às quintas-feiras no café do shopping dizendo: "E aê, seu fresco?". Talvez seja uma carência brasileira de toque...

Já Daniel se sai melhor da situação.

— Acho que nunca nos abraçamos antes — ele constata se afastando, passando a mão nos cabelos loiros. Na luz boa. "Dá pra ver que estão menos grisalhos que os meus", Tito pensa, "mas estão mais ralos e mais finos também".

A mocinha atrás do balcão aguarda os pedidos.

— Acho que... duas *ales*? — Daniel olha para Tito. Que afinal concorda.

— Bem, eu fico com esta rodada. Por que não nos sentamos ali?

Daniel sai na direção dos fundos do pub, com seus sapatos Oxford estalando, fazendo a garçonete acompanhar sua partida.

Mais tarde, Tito tomará nota: Daniel caminha devagar, mas muito firme, entre as mesas, escolhe uma que tem dois sofás — um de frente para o outro — em vez de cadeiras. Parece muito seguro de si.

Ao longo de uma vida como jornalista, você aprende a reparar em como algumas pessoas não se apoiam na mesa. Daniel é uma delas. E Tito é o personagem fora de foco de *Desconstruindo Harry*. A garçonete precisa apertar os olhos para vê-lo:

— *Which ale do you prefer, sir?*

Tito pede informação sobre todas elas e, afinal, se decide por qualquer uma.

Sobre a mesa que Daniel escolheu, repousa um molho de chaves contendo não menos que trinta unidades diferentes, todas presas a uma mesma e larga argola de metal. Tito repara quando chega à mesa com as bebidas.

— Então você virou carcereiro? — ele pergunta para quebrar o gelo, mas Daniel não morde a isca.

— E você... mas que coisa. Virou jornalista! E graças àqueles acontecimentos?

Que se pode responder a isso?

— Ninguém escapa de ser o que é. Certo?

Daniel não demonstra se reconhece ou não a própria frase. Apenas abre as mãos no gesto universal da impotência e diz:

— Bem, eu tô me sentindo mal por você *realmente* ter vindo até aqui.

Ele ia continuar com isso? É preciso analisar Daniel com inteligência. Não só as coisas que ele diz, mas também procurar em seu discurso as coisas não ditas, observar o modo como fala. Toda conversa é uma negociação, e a missão ali é descobrir no que *ele* está interessado. O que Tito, um jornalista brasileiro que não é rico nem nada, teria a lhe oferecer? Resolve que está na hora de apenas escutá-lo falar com a expressão mais neutra do mundo.

E Daniel diz que esteve pensando em tudo aquilo depois de ter visto sua aparição no *Programa do Jô* pelo Facebook. Fala sobre como tinha sido quase instintivo telefonar e concordar que, sim, o receberia de braços abertos se viesse a Norwich algum dia e conversariam a respeito de tudo que aconteceu naqueles dias, falariam sobre as duas colegas tão tragicamente mortas em um acidente...

— Mas acontece que depois... não sei... Tô me forçando a lembrar das coisas... Percebi que lembro de muito pouco, na verdade...

Está mentindo. Mas Tito vai ter de entrar no jogo, pelo menos por enquanto.

— Não se preocupe — Tito diz —, também não vim só por causa disso. Estava precisando dar um tempo. Da minha casa, da redação. E, como sempre gostei muito da Inglaterra, pensei que...

· 129

— Ah, já conhecia a Inglaterra?

Ele conta que havia morado em Londres durante o último semestre da faculdade.

— Mas, vamos, me fale da sua vida primeiro — Tito interrompe a própria história. Aponta de novo para o molho de chaves. — Me diga como se tornou carcereiro.

Ele sorri.

— Eu trabalho num escritório.

— Um escritório?

— Tenho certeza de que deve ter essas coisas no Brasil também.

— Que tipo de escritório?

— Escritório de contabilidade.

— Então é contador?

— Não exatamente.

— Não?

— É. Não sou contador.

É este o Daniel de vinte anos atrás. Ele, na certa, seria capaz de fazer a conversa durar horas e, quando Tito afinal descobrisse sua profissão, ia se sentir como quem ganha a gincana de adivinhação, já nem se lembrando mais do que, de fato, tinha interesse em saber. Daniel é o tipo que faz com que você se sinta um policial desconfiado. Muda a estratégia:

— Gosta deste pub?

— É um lugar curioso. Olhe ali.

Olha para trás, na direção que Daniel aponta. Há uma porção de jogos de tabuleiro: Scrabble, Twister, War...

— Não é estranho pra você? Consegue imaginar no Brasil um bar cheio de jogos de tabuleiro?

— Parece infantil — Tito diz.

— Mas é assim por aqui. De outro modo, as pessoas não interagem umas com as outras e só vão ter a política e a maledicência como assunto.

— Ah, sim, e o Brexit.

— *Oh, please, I can't stand Brexit anymore.*

Se Tito fizesse a pergunta verdadeira, seria como acontece nos filmes: onde você estava na noite de 14 de junho de 2000? E é essa pergunta que não lhe sai da mente enquanto Daniel diz que havia acompanhado um tanto sua carreira. Tinha lido seu livro, sua grande reportagem sobre o governo transestadual dos traficantes e as comunidades que se formavam escorando suas biografias. Na verdade, começou a agir mesmo como se fosse um fã, perguntando se Tito já tinha lido tais e tais autores, se havia se mudado, realmente, para o Morro do Alemão para observar aquelas pessoas, como tinha feito tal, tal e tal partes do livro, e que estava pensando que devia ser bastante difícil. Tito tinha de ser bem recompensado pela insalubridade...

Quando fica óbvio que aquele tipo de pergunta está começando a incomodar, Daniel pergunta o que Tito está achando de Norwich. É o primeiro inglês a falar com ele nas últimas duas semanas com calma o bastante para Tito poder compreender tudo que dizia. Tenta dar um relato otimista. Narra um passeio na Dragon Hall, mas não é convincente.

— Entendi. Norwich é um buraco e você está de saco cheio... É o grito de guerra do Norwich City.

— Só tô um pouco entediado, talvez. Devo ir a Londres qualquer dia.

Ele ri. Tito tem sempre a impressão de estar dizendo as coisas do jeito errado no idioma dele. Os alto-falantes tocam algo pop e animado que Tito não sabe o que é, algo muito recente, que não combina em nada com a decoração antiga. Dois garotos de cerca de dezoito anos passam por eles para fumar no salão ao lado, no qual também ficam as mesas de pebolim e sinuca. Uma porta de vidro dá acesso a um espaço mais amplo e mais claro, aonde as pessoas parecem ir para fumar. Comenta que é estranho o tabagismo ser permitido em uma área coberta.

— Por isso gosto daqui. São cada vez mais raros os lugares que aceitam fumantes e, além disso, os verdadeiros pubs são lotados, barulhentos. Hoje é dia de jogo.

— E como você descobriu em que hotel eu estava?

— Jornalista, quando vem pra Norwich, sempre fica pelo menos uma noite no The Maids Head. A propósito... aqui. Esta mulher tem um estúdio disponível pra alugar por temporada.

Ele dá a Tito um pedaço de papel contendo um nome: Lucy Fairfoot, e um número de conta bancária, com o valor do aluguel por semana.

— É uma barganha e tanto — Daniel ressalta, explicando que se trata de um estúdio na região do Friars Quay. — Sabe aquele lado do rio? — Ele gesticula, apontando para trás de Tito.

E então Tito tem a ideia. Tira uma caneta do bolso do casaco e pede para Daniel desenhar um mapa.

— Espero que não se incomode... Não consigo me localizar espacialmente sem ver um mapa.

Há um novo silêncio incômodo no qual Daniel para com a caneta-tinteiro na mão. Parece estar considerando se o pedido é razoável, se Tito não poderia ter aberto o mapa no celular. Mas finalmente abre a tampa da caneta e decide fazer alguns quadrados, traços paralelos e perpendiculares, uma curva que talvez seja o rio. Tito se vira para trás e se dá conta de que, na porta que dava para o pátio, os dois garotos, que tinham passado por eles momentos antes para fumar, estão agora batendo no vidro. O outono úmido e traiçoeiro de Norwich os apanha com uma saraivada repentina de chuva de vento. A água corre quase horizontal, tornando o teto acima deles inútil. Através do vidro, eles tremem, molhados, pedindo que abram a porta. Sem nem pensar, Tito se põe de pé para abrir.

— *Thanks, man* — eles dizem.

E daí entende que tinham estado antes, sabe-se lá por quanto tempo, acenando para Daniel. Pedindo a Daniel que abrisse a porta e os deixasse entrar. E que Daniel apenas olhou bem para a cara molhada dos dois lhe pedindo ajuda e permaneceu quieto e magnânimo, decidindo se abria ou desenhava seu mapa. Isso faz Tito lembrar exatamente por que está ali. Porque, diferente de todo mundo, sabe que as meninas de dentro do rio gritaram pedindo ajuda. E que Daniel, se quisesse, poderia ter ajudado.

Quando pega o desenho do mapa, vê ali sua chance de entrar no assunto.

— Ainda desenha, então?

Daniel fica amuado de repente.

— *I beg your pardon?*

Parece ter se arrependido de fazer o mapa. Bebe mais alguns goles da cerveja. Prossegue:

— Parei de desenhar faz muito tempo.

Devia ser um assunto delicado. Mas a noite continua por temas mais amenos até ele finalmente rebocar Tito de volta ao hotel, passando por inúmeros moradores de rua até estar de volta a Tombland. Pouco antes de alcançarem a porta, Tito cai em si.

— Preciso continuar a entrevista — fala, assombrado, à porta do hotel.

— Claro — ele diz. — Mas, afinal, foram muitos anos...

— Podemos almoçar amanhã?

— Sim. Tenho horários flexíveis. Com exceção do sábado, domingo e das noites de terça-feira...

— Pode escolher o lugar — Tito diz, lembrando que não conhece nenhum restaurante.

— Ótimo. Mando o nome e endereço pelo... aliás, qual o melhor meio de comunicação com você? Já tem número daqui?

Tito lhe passa seu número de WhatsApp do Brasil e entra no hotel vendo Daniel demorar um pouco antes de sair, como se quisesse se certificar de que Tito permaneceria ali e ficaria bem. Pega as chaves. Quando volta a olhar, Daniel já desapareceu de seu raio de visão.

CAPÍTULO DOZE

Quando contei a Fernanda tudo o que acontecera nos bastidores do passeio, ela não pareceu, nem de longe, tão surpresa quanto eu.

— Mas não faz sentido nenhum — eu disse. — Por que diabos Leocádio ia gostar de Álida?

Ela estava tentando apontar "apropriadamente" um lápis grafite.

— Ele não gosta de Álida. Gosta do que Álida tem e não dá conta.

Cocei a cabeça, um tanto confuso. Ela parou de apontar, olhou pra mim. Disse:

— É fácil. Digamos que você seja um colecionador de artigos antigos. De quem você compraria seus produtos? De um especialista que saiba exatamente o quanto vale o bibelô ou de alguém que herdou a coisa e não tem a menor ideia do que se trata?

— Compraria de quem tivesse o melhor produto — respondi, me achando esperto.

Ela fez que não e voltou de novo sua atenção ao lápis. Passou a ponta numa lixa, dessas de fazer reparos em parede.

— Ele foi atrás de Álida porque Álida tá abaixo dele na grande cadeia alimentar que é esse colégio. Ela respeita essa

posição dele. Ele pode fazer o que quiser e nunca vai ouvir um "vai à merda". Ele não é assim com quem ele gosta.

Eu já tinha ouvido falar nisso: você treina com as meninas fáceis pra estar seguro na hora que vier a menina difícil de quem você gosta. Mas até então eu não tinha associado o "fácil" a uma menina como Álida. Álida só era... bem... Feia. Lerda.

Mas eu, que já estava começando a ficar irritado com a atenção que Fernanda dava ao lápis, continuei falando.

— Talvez Álida goste dele, então. Você não viu o que eu vi.

E, como ela não me olhava, acabei derrubando sua pasta. Percebi que tinha um desenho muito bem-feito do rosto de Giulianna Giácomo.

— O que é isso?

— Giulianna me deu — ela disse, parecendo mais culpada do que deveria estar.

— E pra que você quer um desenho de Giulianna?

— Ora, porque não é só um desenho de Giulianna. É um desenho feito por Daniel!

Ela abraçou o desenho como se fosse o próprio Daniel. Tive pena de Fernanda. E ela notou. Voltei logo pro assunto que me interessava.

— Tô dizendo que Álida não disse não. Ela até deu umas risadinhas...

Com alguma raiva que eu não tinha notado ainda, Fernanda disse:

— Sim, iguais às que tu dá quando ele conta uma piada?

— Agora eu sou submisso a ele?

Ela recolheu as coisas.

— *Rir junto significa que você tá no barco dele e não no barco oposto. Significa que você não é a piada. E todo mundo gosta de não ser a piada.*

E, antes de sair, ainda disse:

— *Eu não me importaria se Daniel estivesse com Giulianna, certo? Desde que ele esteja feliz e satisfeito e que ele produza coisas bonitas e isso deixe minha vida mais bonita. Eu também quero fazer parte do barco vencedor. Viu só? É mais complicado do que parece.*

Foi em uma quarta que Leocádio finalmente voltou a ser aceito nas aulas de educação física. Os times já estavam sendo montados e ele deu um longo assobio desde o topo da rampa, antes de passar pelo parquinho.

— *Time salvo — Rato Branco cochichou para mim. — Bota Léo na lateral e tamo feito.*

Mas eu olhei pro outro lado. As meninas jogavam queimada no campinho de cimento e mesmo elas pararam pra vê-lo chegar. E assobiaram de volta, ao passo que ele mandou beijinhos. Álida estava de pé, parada no fundo da quadra, que é onde ficam os que estão mortos. Foi provavelmente a única vez que eu olhei pra ela naquele dia, mas ela não estava olhando pra mim e sim pra baixo, se retraindo inteira como numa espécie nojenta de subserviência. Tive raiva dela. E dele. Era minha vez de escolher o time, então disse que queria o Sobreiro e senti o solavanco da cotovelada do Rato Branco, que claramente não via nisso muita tática futebolística. Ele tomou a frente.

— *Não — ele disse pra Sebastião. — A gente quer o Léo, que chegou aí.*

Sebastião aceitou, o outro time tirou o Sobreiro. E Léo foi se chegando mais, dando uma corridinha marota. O professor falou pra ele se aquecer e, nesse momento, nem sei de onde, me vi gritando: "Pois se ele for jogar, eu não jogo". Léo olhou pra mim, pôs as mãos na cintura e riu do jeito que um adulto acha graça de uma criança fazendo as malas pra fugir de casa.

— Não vou jogar no time dele — eu disse a Sebastião, que, claro, não deu a mínima.

— Vai ficar fora dos jogos escolares, então?

— Mas era ele quem deveria ficar fora. Ele foi suspenso dessas atividades desde o passeio da serra. Ele e Daniel.

— Bem, ele está aqui.

E Leocádio só ficou ali, as duas mãos na cintura, as pernas abertas ouvindo a discussão. Cruzava os braços e depois os punha de volta na cintura.

—Parou, tá? — o professor disse. — Tá fora do time, Tito. Vai correr pra não reprovar na matéria. Dá umas voltas aí em torno da quadra. E, Léo, corre também pra se aquecer aí.

Atirei no chão o colete de padrão laranja e vi que as meninas tinham parado o jogo. As irmãs Giácomo saíram da cantina com Fernanda pra acompanhar a gritaria ainda a tempo de ver Léo apanhando o colete.

— Ei. Qual é? — ele gritou atrás de mim. — Tu tá tendo a ideia errada.

Quanto mais eu ouvia a voz dele, mais rápido eu corria.

— Aquilo não foi nada. Eu não sabia que tu gostava da menina.

E eu me dei conta de que era isso, acima de tudo, que me fazia ter ódio de Leocádio. Porque agora Álida e eu estávamos na mesma realidade. Porque agora eu era obrigado a quebrar a cabeça tentando entender o porquê daquilo. Ele acelerou, me alcançou. E seu tom inteiro mudou.

— *Olha só. Bora na real? Não tô nem aí pro que é que tu pensa de mim, tá ouvindo? Mas nem invente de falar merda sobre mim pra Fernanda. Nem invente!*

Pois Fernanda era especial. Ele disse assim e esse adjetivo "es-pe-ci-al" soou tão artificial no dia quanto soa hoje. Mas ele foi ficando pra trás na pista e eu apenas corri ainda mais rápido e mais rápido e mais rápido. Essas malditas meninas horrorosas. Essas malditas horrorosas que não são vigiadas por ninguém, que não sabem cuidar de si mesmas e que apenas baixam a cabeça. Fracas. Ridículas. "Malditas meninas feias", pensei, maldita Álida que tem uma boca e uma língua e um peito e tudo igual às meninas "especiais" sem ser especial, e sem obviamente se dar conta disso. Malditas meninas feias e desengonçadas carregando por aí, descuidadamente, suas bucetas e seus peitos e suas bocas e suas bundas. Descuidadas e idiotas. Submetendo-se. Rindo. Me ocorreu que elas não estavam vendo a merda do perigo que corriam. A merda do perigo em que metiam todo mundo.

Então, correndo, você vê, da pista, que seus amigos estão jogando, as meninas estão na queimada e outras conversam na cantina. Todos estão em grupos, e Léo quer Fernanda, que quer Daniel, que quer Giulianna, e nesse cenário todo mundo está entrelaçado e ninguém está perto de você. Quando Sebastião apita o fim da aula, sua única certeza é que não quer parar de correr. Segue correndo, então, até o portão da saída da escola. Pela rua de terra na frente do prédio e até a fábrica de velas de onde imagina que será visto por Daniel e isso é, de algum modo, a melhor forma de amizade que terá no momento.

CAPÍTULO TREZE

Tito acorda de ressaca no dia seguinte. A cabeça lateja e ele estende a mão procurando o celular para ver as horas. O que encontra lá mesmo, no aparelho, é a gravação da noite passada. "Dar sentido a um acontecimento tem sempre algo de subjetivo. É sempre uma construção", diz a própria voz misturada ao ruído de fundo, ao burburinho do pub com sua música pop indistinguível. "Já foi a Dachau?", pergunta a Daniel. "Foi o primeiro campo de concentração nazista e fica perto de Munique..." Ele adianta a gravação, mas ali só há a própria voz com poucas intervenções de Daniel: filosofadas baratas, a recente descoberta do abismo entre o *upper intermediate* e o *advanced English*, queixas sobre o preço dos cursos de línguas em Norwich... Senta-se na cama, frustrado. Claro que não era esse o plano. Não tinha ido até ali para se confessar com Daniel, pelo contrário. A gravação repete "dar sentido a um acontecimento...". E pode pensar que o papelão de ter se aberto demais para o entrevistado poderia trazer algum proveito se estivesse atento, de agora em diante. Seria útil que Daniel o visse como inofensivo, um pobre-diabo que não sabe lidar com a vida, a filha, a mulher e inventou uma viagem como pretexto para se ver livre de tudo.

Era Fernanda quem acreditava que nada nesta vida era por acaso e que cada coisa ruim era uma prova sob medida enviada por Deus, com o propósito de fazer o homem evoluir um pouco mais e torná-lo mais virtuoso. "O universo está sempre tentando nos ensinar uma lição", ela dizia. O choque para a criança lhe ensina a não pôr os dedos em tomadas. A fila que nunca acaba, no banco, está tentando lhe ensinar a paciência e... "Ora, mesmo os acidentes, aquela batida de carro, por exemplo, que te estragou a clavícula e arruinou sua musculatura. No fundo estavam ali pra te fazer mais *forte*."

Tito não acreditava nisso. Ou, se acreditava, não conseguia deixar de ver que, se isso era real por um lado, tinha de ser real pelo inverso também. Queria dizer que cada grande presente enviado por Deus era um cavalo de Troia. Te deixa feliz no começo, mas esconde um exército pronto e armado até os dentes para te pegar no contrapé. Tudo de bom esconde um monte de dor e sofrimento "pra te deixar mais forte", ele ironizava. Ela ficava puta com essa ironia. Ficava balbuciando que não, que ele não estava entendendo o pêndulo de dores e ganhos. Os presentes não deixavam de ser recompensas, longe disso, mas, como na escola, depois viriam mais provas. Tudo estava interligado como degraus em uma escada que nos levaria à melhor versão de nós mesmos. E que versão era essa? E se ele, na verdade, preferisse o benefício de *ganhar* o jogo, em vez de *aprender uma lição*?

— E que benefício poderia ser maior do que estar um pouco mais sábio, mais próximo de Deus?

É claro que ela precisava acreditar nisso. Fernanda era crente e suas perdas tinham de ser boas pois, de outro modo, não haveria sentido em estar apaixonada platonicamente por Daniel, que desenhava Giulianna, e não ela, nos intervalos. E, se não fosse assim, não haveria sentido ter perdido a melhor amiga para ganhar um par de peitos e uma menstruação mensal. A visão de Fernanda tinha uma lógica interna. Tito reconhecia isso, mas essa lógica só era benéfica do ponto de vista de alguém com uma vida como a dela.

Tito nunca acreditou que as coisas no mundo tivessem sentido. Nem na intenção do universo em nos melhorar. Fernanda era uma idealista querendo mudar tudo ao seu redor, as regras do jogo e a desigualdade entre os povos. Tito não. Só queria preservar a si mesmo para escapar do pior lado e fazer as melhores escolhas possíveis dentro da roda de aleatoriedade dos fatos. É por isso que está ali, em Norwich. Viajar e encontrar Daniel era uma coisa tão aleatória quanto engravidar a esposa de novo ou comprar mais um cachorro para a filha. Você vai fazendo as escolhas e trabalhando para dar um sentido a elas. Tendo consciência disso, ele sabia exatamente por que fazia sentido que Daniel e ele se encontrassem de novo. Que ele voltasse à Inglaterra quando precisava dar um tempo na vida real e tudo parecia muito bem tramado. Mas podia discordar racionalmente dessa interpretação. Ou aceitar todo o imbróglio como parte integrante da narrativa na qual ele, Tito, com a intenção muito clara de escrever, escolhe se envolver com Daniel que, por sua vez, deve experimentar um sentimento de vaidade ao ser ouvido. E os dois, cobertos de intenção, resolvem tomar as atitudes subsequentes: marcar encontros, ligar gravadores de áudio e abraçar essa aleatoriedade, mudando todas as outras consequências que viriam de diferentes decisões (outro filho, mais um cachorro, uma bala na cabeça). É exatamente assim que resolve interpretar quando o endereço de um restaurante pipoca no visor de seu telefone. St. Gilles. Waffle House. Ele conhece aquela rua.

*

"Você se torna responsável pelas vidas que salva", diz algum provérbio chinês que aprendemos com os filmes de sessão da tarde. E possivelmente é por causa disso que, agora, sempre que você passar a vista varrendo a sala de aula, seus olhos encontrarão os de Álida, que sem mais nem menos passarão a segui-lo durante o intervalo. Olhares lânguidos. Álida com suas olheiras e a pele branca demais. Álida com sua boca sempre descuidadamente aberta como se esperasse uma mosca pra comer. Ela estará lá na última fila do canto oposto à porta e, verdade seja dita, o que lhe falta de vontade de brigar quando se vê diante de Leocádio ou de Daniel é o oposto do que você sente ao vê-la ali, na frente da janela. Com a boca moloide aberta e aqueles cabelos presos da pior forma, com os piores gestos, roendo as unhas, rindo a pior e mais idiota das risadas. Álida, o simples fato de ela existir lhe fará ter vontade de se levantar de onde quer que esteja, dar-lhe uns tapas e dizer: "Acorda, criatura!". E esse é um desespero que só se assemelha ao que você sentia durante uma partida de futebol quando alguém pisava na bola — literalmente — ou fazia um gol com a bunda.

— Olha só ela — falei a Fernanda enquanto Álida se alongava —, ó lá: os pés tão pra dentro, os olhos tão mortos...

Fernanda olhou na direção das ex-amigas. Alguém disse algo a Álida, e ela riu de um jeito audível. Era a risada do

Pateta, sem tirar nem pôr. E, rindo, ela fez um gesto com as mãos. Dois "ok's".

— *São galinhos* — *Fernanda me disse.*

— *O quê?*

— *Isso que ela tá fazendo com as mãos. Ela brincava que aquilo eram galinhos quando era criança. Numa mão tá o galinho um, noutra, o galinho dois.*

Era de dar pena. Que tipo de criança fazia publicamente uma brincadeira de galinhos aos treze anos?

— *No ano passado, a gente descobriu que esse gesto significa uma coisa obscena na Turquia. É isso que é divertido agora. Pensar em dois gestos obscenos se cumprimentando.*

Continuei olhando pra elas enquanto Fernanda se voltou pra mim.

— *Que cara é essa?*

— *Pena* — *respondi.* — *Tenho pena dela, caramba.*

— *Não é pena. Tá fazendo cara de nojo.*

— *Você acha que Léo ficaria com ela?*

— *Acho que ele ficaria com qualquer coisa que respire.*

— *Acha que ele ficaria com Carinna?*

— *Por que com Carinna?* — *Fernanda perguntou.*

— *É o natural, não? Miss e Mister estudantis... Juntos e de mãos dadas como deuses nórdicos pra salvar a humanidade.*

— *Não acho que Carinna goste dele.*

— *De quem ela gosta?*

— *Não sei.*

Tive a esperança de que ela dissesse "de você".

— *Talvez não goste de ninguém. Pode não ter sido conquistada ainda. Essa é a notícia boa.*

Como poderia ser boa uma merda dessas? E como é que se conquistava uma menina que não apenas se punha acima de todos os mortais, como também não era autorizada a sair de casa desacompanhada? Minha chance tinha sido a subida na serra, mas, na hora, não conseguira pensar em nada interessante pra dizer. Em vez disso, acabei salvando Álida. Não do assédio, propriamente, mas do suicídio social.

Quando Fernanda sugeriu enviar um cartão, eu soube logo que, como a maior parte dos conselhos que ela dava, esse era um recurso pensado pra si mesma. Quer dizer... Na época, quando ainda acreditávamos que era possível conquistar alguém, pensávamos em meios de fazê-lo, e Fernanda, embora não fosse feia, precisava fazer com que Daniel percebesse algo a mais nela. E não tinha muito como fazer isso. Seu principal atributo, a inteligência, não o alcançaria, já que Daniel raramente estava na mesma sala de aula que ela.

Então Fernanda veio com a ideia de um correio dos concluintes. Todos os dias, os alunos do colégio inteiro poderiam depositar bilhetes numa cesta, os quais seriam distribuídos pelos concluintes, que trabalhariam como carteiros durante o intervalo. Cada bilhete custaria algo como dez centavos pra ser enviado. Parecia uma ideia difícil de ser aprovada pela direção, mas Fernanda garantiu que as moedas ajudariam na formatura, que fomentar a comunicação escrita ajudaria no português e que o encargo da distribuição dava aos concluintes uma responsabilidade adulta. Ou, nos termos que ela usou pra convencer a direção, "proporcionaria algum prazer em servir" (ela era esperta). "Não é isso que vamos fazer na vida adulta? Servir, como cidadãos, à comunidade?"

Como era natural de se pensar, o serviço durou pouco. Primeiro porque a troca de bilhetes reforçava o termômetro da popularidade de cada um ali dentro. As meninas bonitas recebiam quinze, vinte, trinta bilhetes dos colegas dizendo as coisas mais ridículas e desnecessárias, por exemplo: "Você é bonita!".

No começo, havia a opção de escrever de maneira anônima. Foi quando algumas meninas apareceram na diretoria chorando. Williane estava puta com um papelzinho que dizia: "Você tem uns peitões!", mas a gota d'água veio de uma menina da quinta série. Era uma loirinha de cabelos cacheados que chegou chorando desolada com um: "Laura, eu vi seu peito esquerdo".

Fui chamado à sala também, porque tinha sido eu o carteiro, e vi quando a pedagoga se inclinou na direção da menina e disse:

— Mas, meu bem, o que faz você pensar que a pessoa que escreveu não tá mandando isso só pra te irritar? Além do mais, quem disse que não pode ser uma menina?

Mas ela continuava chorando.

— É um menino. Eu sei disso. É o João Paulo. Eu tenho certeza.

O peito "esquerdo", segundo sua teoria, era específico demais pra ter sido inventado. A pequena comissão investigativa ficou um tanto maravilhada com a lógica dela. E o problema era que isso lhe fazia sentir-se violada até o limite do absurdo. Que bobagem!, foi meu pensamento, mas Fernanda me fez ver ("Ela já tem peitos, não tá vendo?" Não. Não tava vendo). O próprio João Paulo acabou admitindo que tinha mesmo escrito aquilo. Confessou, na sala da pedagoga, que na peça de Natal, no fim do ano anterior, tinha descoberto um vão na brecha da escada de onde era possível ver as meninas se trocando pra entrar no palco.

— *Não deu pra ver muita coisa, na verdade. Mas eu vi o peito esquerdo dela, disso eu sei.*

— *Pois então vai ter que ir até lá e pedir desculpa pra sua colega.*

Fernanda foi bem menos cordata.

— *Mas por que merda você escreveu isso pra ela?*

Ele ficou coçando a cabeça sem entender.

— *Como assim "por quê"? Eu disse a verdade.*

— *E o que te faz pensar que ela precisa saber que você...*

Fernanda ficou ali conversando com o menino e tentando reverter a situação. Explicou que o correio dos concluintes não era um confessionário. Que não é porque algo é verdade que precisa ser dito. Mas o menino continuava não entendendo qual era o problema. Poderiam acusá-lo por ter bisbilhotado, mas não por infernizar uma menina com o produto da sua bisbilhotice, dizendo coisas que a constrangiam. A ideia de que ele deveria pedir desculpas não lhe entrava na cabeça.

— *Você vai ter que dizer pra ela o motivo de ter escrito isso, e eu sugiro que fale que esse foi seu modo de dizer que tá tudo bem. "Seu segredo está seguro comigo." — E eu fiquei maravilhado com a ideia. — Diga que não queria deixar a menina constrangida.*

— *Mas eu queria que ela ficasse constrangida.*

— *Não importa. — Fernanda respirava fundo. — Diga que agora vai revelar a ela tudo o que sabe sobre os vãos da escada e onde ela deve se posicionar pra que ninguém mais a veja tirar o sutiã. É isso ou eu mesma me encarrego de fazer uma visita aos seus pais.*

Porque a diplomacia entre nós e os adultos, que Fernanda operava, se funcionava numa via, também, é claro, poderia funcionar do modo inverso.

O incidente do peito esquerdo da menina da quinta série, pro nosso azar, marcou o último dia do anonimato nos bilhetes. Eu saí da sala porque ainda tinha cartas estúpidas a entregar. E agora todas elas tinham de ter nome. Nada de cartas sem nome a partir daquele ponto. E eu ainda tinha algumas pra entregar a Carinna.

— *Tudo certo aí?* — *perguntei.* — *Tenho umas coisas pra vocês.*

Entediada, ela levantou a vista pra pegar o décimo terceiro, quarto e quinto bilhete do dia.

— *Foi mal* — *eu disse.* — *As pessoas aqui são assim mesmo.*

— *Tudo bem.*

— *Sente falta de São Paulo?*

Ela deu um suspiro muito alto.

— *E como.*

Eu me voltei pra Giulianna, que estava ao seu lado, lendo com carinho alguma carta.

— *Alguma do Daniel?*

Giulianna corou.

— *Por quê?*

Eu dei de ombros. Disse:

— *Não é seu aquele código?*

E foi assim que eu passei a existir pras irmãs Giácomo. Explicando que eu tinha quebrado o código delas, mas que não se enganassem, era na verdade um código fácil de quebrar.

— Seu segredo tá guardado comigo — foi o que eu disse. — O que eu quero é ajudar. Posso ajudar vocês a criar o melhor código do mundo. Um código inquebrável.

— E como você saberia fazer um código inquebrável?

Olhei pra elas com um silêncio eloquente, como quem diz: "Leigos... É difícil conversar com eles".

O correio dos concluintes chegou ao seu último dia naquela mesma semana, com Fernanda saindo exausta da sala da diretoria, dizendo-se enojada e decepcionada com cada um de seus colegas.

— As pessoas daqui são más. Tô te dizendo...

Dei de ombros.

— Tudo bem — repliquei. — Já valeu o bastante.

Pensava na minha aproximação das Giácomo pra lhes entregar cartinhas.

— Sim. — Ela sorriu. — Com certeza valeu pra você. Olha o que eu tenho aqui.

Ela puxou do bolso uma cartinha num envelope cor-de-rosa, perfumado. Na parte de trás, estava escrito "PARA: Tito (Apingorá)".

Então fiquei quase comovido, porque aquela caligrafia era a de Carinna. Porque, por um minuto que fosse, ela tinha pensado em mim e nesse minuto ela soube meu nome, meu apelido. E essa não era nem de longe a revelação mais surpreendente do momento. Pois enquanto Fernanda estava sentada ao meu lado, eu reparei, na sua bolsa, numa quantidade surpreendentemente grande de bilhetes endereçados a ela mesma.

— *Eu estava escrevendo pra ele. Pra Daniel. E ele estava gostando.*

— *Ah, é?* — tentei manter a conversa enquanto olhava de relance os bilhetes dos meninos do primeiro, do terceiro ano. Niudeval, João Pipoca, Leocádio... Tentei disfarçar o choque. Não sabia que ela era tão cobiçada na escola.

— *E o que você escreve nessas cartas pra Daniel?*

— *Escrevo sobre tudo que eu sei.*

— *Bem, não ia render muito mesmo.*

Ela me deu um tapa. Continuou.

— *Escrevi coisas que podem ajudar Daniel a viver melhor aqui. Os pontos fracos dos professores, o lugar em que os professores guardam os relatórios de aula. E que é possível lidar melhor com o calor à noite se ele borrifar a cama com água gelada.*

Não faço ideia de como é que dá na cabeça de uma menina de treze anos a ideia de escrever pro seu grande amor um manual de como sobreviver numa cidade abafada e enfadonha, mas ela explicou que era sua forma de gentileza.

— *É isso o amor, não? Oferecer o que temos de melhor pro outro?*

E, no seu caso, ela achava que era isso mesmo: seu vasto conhecimento sobre como era estar perdida e confinada no buraco de Santa Rita. Poderia mostrar a ele o lado legal daquele inferno.

— *Se tem algo que todo estrangeiro sente é o quanto esta cidade pode ser deprimente. Mas, pra gente que nasceu aqui, a coisa é diferente. A gente meio que cultiva secretamente lugares legais, acha formas de gostar daqui. Não temos praia, por exemplo, mas temos...*

— O rio.

— Como assim?

— O rio pra fazer piquenique, pra nadar... Meus pais faziam isso.

— Bem, sim. Os meus também. Mas isso faz tempo. Nunca vi ninguém tomar banho lá hoje em dia.

— Podíamos fazer um piquenique secreto lá.

A cabeça de Fernanda pareceu estar fervilhando de ideias, ainda assim ela olhou pra baixo, apontou pra minha carta fechada.

— E o que Carinna escreveu pra você? — ela perguntou.

Mas eu me afastei.

— Prefiro ler sozinho.

Abri o bilhete cheio de expectativa. Não sei exatamente o que esperava, mas sei que quando eu li: "Por que você brigou com Léo?", sem nenhuma referência a mim, nenhuma confissão de que sonhava comigo todas as noites, senti tudo aquilo de novo. O coração acelerando, meus punhos se fechando...

Eu queria que Carinna me amasse daquele modo abnegado e servil com que Fernanda amava Daniel. Mas ela só queria distração e um boato. Caminhei até Carinna e Giulianna com algum rancor esquisito e percebi que gritava.

— Qual é o seu problema?

Ela ficou me olhando como se não entendesse.

— Eu moro quase em frente à casa do seu tio. Por que tu nunca me cumprimenta lá? Por que fica lá, toda posuda, como se eu fosse um lixo, e agora me manda bilhetes?

Ela levantou com os olhos faiscando.

— Ei, calma, Apingorá...

Pus o dedo na cara dela.

— Apingorá é o caralho, que eu não te dei liberdade pra me chamar assim. Tá pensando o quê? Não me escreva bilhetes, tá me ouvindo? Pergunta na cara, se for mulher.

Eu me afastei pensando no que afinal tinha dado em mim. Considerando aquele "se for mulher" uma peitada meio fora de lugar que só anos depois, escrevendo sobre os fatos, foi que lembrei ser exatamente o condicional que Daniel usou comigo. "Faz na frente, se for homem."

E que, afinal, esse infinito gesto de hombridade que devia ser ir até lá, aos pés da santa que eu amava, e pedir que deixasse de pose era na verdade pedir, implorar, que ela descesse do pedestal. Porque, sim, a cidade era um tédio. Tínhamos de sumir daqui. Tínhamos de... Meu gesto era mais uma ode, um tributo à minha vontade de ser Daniel. E agora atirava pelo ralo minha única chance de penetrar na câmara diáfana daquele mundo. O único mundo que eu achava que me interessava. O mundo distante e inalcançável de Carinna Giácomo.

PARTE III

CAPÍTULO CATORZE

O mínimo que se pode dizer sobre o lugar chamado casa de waffles é que ali o nome é levado bem a sério. Todos os itens de um menu de quatro páginas — entradas, principais, sobremesas e aperitivos — são waffles. Alguns deles salgados, aliás: bolonhesa, muçarela de búfala... Assemelham-se a lasanhas com uma massa aerada e crocante em vez de macarrão. Os pratos chegam fumegando à mesa.

— *This is shit, isn't it?* — Daniel ri, ao receber o seu. — É nisso que dá aceitar conselhos. Por mim, eu teria te levado num pub, teríamos comido peixe, batatas... Seria simples, fácil e bem mais eficiente do que... bem... O que é que se faz com isso aqui, afinal?

Ele pega uma pequena molheira com certo cuidado e cheira antes de vertê-la em cima de seu waffle. Faz uma cara desconfiadíssima, mas tinha sido a sugestão de Saniya, ele explica. E quem é Saniya?

— Bem, como é que eu vou explicar? A Saniya é uma garota... uma jovem... Você mesmo vai ver. Ela certamente vai te ajudar com esse problema dos cursos caríssimos. Está num centro de formação de professores e lá precisam sempre de imigrantes, alunos pra serem cobaias, entende?

— Cobram menos por isso, por estar em formação?

— Não cobram nada — Daniel disse — e ainda dão *sim cards* de graça. A Saniya vai te explicar melhor.

— Ela é sua... namorada? Você não chegou a se casar?

Ele levanta os olhos, mas desta vez Tito finge não ver seu ar contrariado e continua como que distraído:

— Você não tinha se casado?

Outro assunto polêmico. Ele finge um engasgo para fazer notar que prefere não falar sobre esse assunto também. Daniel. *Denial.* Continua, como se não tivesse deixado questões no ar, dizendo que, de qualquer modo, essa garota virá encontrá-los mais tarde. O centro de línguas onde ela ensina fica perto.

— Melhor fazer suas perguntas antes que ela chegue — ele diz.

Tito tira o celular do bolso, dessa vez de modo explícito. Explica como vai conduzir.

— O que realmente me interessa, por estranho que pareça, são os detalhes — vê-se dizendo. — Tudo que você registrou de imagens, sons, cheiros, descreva tudo que puder sobre o último dia em que esteve com as irmãs Giácomo.

— Poxa... — Ele engasga de novo. — Não sei se lembro mais tanta coisa. Além disso, eu não estava mais lá quando as meninas se afogaram.

Tito torce a boca para o lado. Ele mente com uma naturalidade tão desconcertante que o faz contestar mesmo os fatos que sabe e ele não.

— Então vamos do começo — Tito diz, já um pouco irritado com a mentira. — Quem decidiu que eu devia ficar de fora?

Daniel para de mastigar. Olha para Tito.

— Do que você tá falando?

— Eu que tinha dado a ideia de irmos todos pro rio. Mas vocês disseram que não. Não podiam matar a aula de educação física...

— Eu nem era mais chamado pra jogar nas aulas de educação física. Tinha sido privado desse... ahn... benefício? Não lembra?

*

Quando gritei com Carinna no meio da escola inteira, achei que tivesse estragado definitivamente minhas chances com ela. Senti raiva das minhas explosões, do meu gênio ruim. Mas o que aconteceu foi que ela telefonou dizendo algo como "desculpa por estar ofendendo".

"Estar ofendendo" era um jeito estranho de conjugar. Mas eu adorei aquilo, como adorava tudo que vinha dela. Tudo que soava estrangeiro nela.

— É que nunca me acostumo com esta cidade, entende?

Eu sabia exatamente com o que ela não estava acostumada: ser tratada com desdém por um garoto. Ser tratada como uma garota que não é bonita.

— Não ponha a culpa na cidade, tá bem? — eu disse. — Você é desse jeito. E vem achar que sou índio, Apingorá, não é mesmo? E que índio é bonzinho, ingênuo e vive com a bunda de fora pra tarem passando a mão.

— Não é nada disso. Eu só...

— Pois deixe eu te dizer uma coisa: eu nunca fui metido a besta com você...

Não sei exatamente como foi que aquilo virou uma declaração de amor de mim pra ela, muito menos como foi que eu acabei dando a ela, naquele telefonema mesmo, o encargo e a responsabilidade pela minha obsessão.

Mas, no fundo, era isso. Adolescentes em algum momento ganham poderes. E como acontece com qualquer super-herói, uma vez que você ganha poderes, você precisa experimentá--los. Testar seu alcance. Testar a força dos seus dotes. Carinna Giácomo descobrira seus dotes recentemente e, assim como Leocádio, estava fascinada com isso e curiosa com os efeitos da sua beleza num menino. E ali estava alguém que ao mesmo tempo a odiava e se declarava. Nunca vai dar pra saber em que vácuo da incompleta personalidade adolescente dela essa informação bateu, mas o fato foi que ela quis saber mais sobre esse estranho e não solicitado amor que lhe era dedicado e como, de repente, aquele garoto invisível com quem nunca havia trocado uma palavra se confessava tão ardentemente apaixonado, querendo namoro sério e a acusando de ser metida. Eu já estava pronto pra falar com o pai dela, encarar a sabatina de perguntas do velho. E, no fim das contas, por que eu tinha brigado com Léo?

— Porque eu quero você — foi o que eu disse. — Resumindo, foi por isso. Porque eu queria ser bom o bastante pra você. E ser bom é não compactuar com gente errada feito ele. Tá satisfeita com a resposta?

Não era suficiente, claro. Não passava ñem perto do suficiente. Ela queria detalhes. Queria saber quando isso tinha começado. Se eu já estava apaixonado quando ela tinha ido fazer a peça junto com minha prima. Se já gostava dela quando...

— Podemos conversar cara a cara?

— *Minha mãe não me deixa sair sozinha.*

— *E se eu arranjar um jeito de ficarmos sozinhos fora da escola?*

Antes de desligar, ela me perguntou:

— *Você pensa em mim de noite?* — *Seu tom era malicioso.*

— *Quero dizer... sozinho? Antes de dormir?*

Eu ri.

— *Claro que sim* — *respondi.* — *É como durmo toda noite.*

*

O que Daniel lembra, ou diz lembrar, é muito pouco. Apenas que era aniversário de Fernanda, mas que ela cancelara os planos de comemorar na pizzaria. Tinha recebido uma ligação dos pais concordando em mandá-la estudar não no Recife, mas no Rio de Janeiro.

— Então, lembro que fomos até o rio — Daniel conta. — As meninas queriam ir, e Fernanda também. Mas era óbvio que eu não estava com vontade de nadar, nem festejar ou dançar. E estava perto de escurecer. As meninas começaram a se desentender. Eu achei que era melhor sair de lá. Fui embora pelo caminho do mato. E, quando voltei, muito tempo já tinha se passado. Estava escuro. Chamei por elas, mas não achei. Daí me aproximei do rio e percebi que as duas estavam mortas. Uma agarrada à outra e a água correndo por cima delas. Não dava pra ver muita coisa, mas não quero me arriscar nas minúcias. Posso começar a inventar detalhes mórbidos, e não tem necessidade.

A narrativa de Daniel não convence Tito. Ou não o satisfaz. Não parece verossímil que a polícia não tenha ido procurá-lo. Insiste que tente se lembrar. Tito exemplifica. Defende que sempre ficam gostos, cheiros, imagens, sons... Ele mesmo tinha sua pequena coleção sobre aquela tarde: os gritos das meninas que chamavam por Fernanda. Essa memória vem com o gosto azedado de um refrigerante de Cola genérico e a moleza em suas pernas.

— Lembro que Fernanda cheirava a xampu Dove.

— Fernanda?

— Ela usava xampu, sabonete e condicionador da mesma marca. O cheiro era delicioso, e lembro que às vezes eu andava um pouquinho atrás dela pra sentir.

— Mesmo gostando de Giulianna?

— Giulianna?

Ele ri, muito surpreso. E, como não interfiro, prossegue com um tom quase indignado:

— Eu não gostava de Giulianna. Gostava de Fernanda. A gente tava namorando.

Fico em silêncio por um instante. Que tipo de brincadeira é essa?

Ele olha em outra direção.

— Mas... olhe, veja quem chegou!

Tito não quer saber quem chegou, mas não tem alternativa. Vira-se de costas.

— Esta é Saniya — ele diz para Tito, apontando para a porta. — Agora guarde isso. Depois a gente fala mais.

Pelo jeito, as entrevistas durariam muito além do esperado.

Saniya é bem mais nova que Daniel. Fácil de ver. Tem cabelos pretos, a pele morena revela uma ascendência indiana. Muito bonita, Tito ousa dizer. E Daniel faz sinal para que ela se aproxime.

— Este é meu amigo de escola — ele diz, em inglês.

E ela olha para Tito muito empolgada.

— Tudo *bein*? — cumprimenta Tito em português esforçado e se desculpa em seguida. Só tinha tido tempo de aprender "tudo bein", "cinzeiro" e "por favor". E, voltando ao inglês, diz: — Ah, finalmente! A vida misteriosa de Daniel.

Ele dá de ombros. Todos se sentam, mas Tito ainda está atônito. É o primeiro depoimento do caso que vai absolutamente contra todos os outros. Daniel e Fernanda gostavam um do outro? Em geral, na reportagem, essa sensação de que tudo está correndo muito diferente do esperado é o melhor indício de que se está perto da história correta. Além disso, a garota no restaurante, Saniya: alta, morena, cabelos compridos, porte elegante. Procura uma atriz para compará-la e não acha. Ela é uma Fernanda, é a pessoa mais parecida com Fernanda que já viu na vida, em uma versão indiana. As ondas grandes dos cabelos cheios e negros estão parcialmente presas. Ela tira o casaco ao entrar. Seus movimentos trazem para sua direção um cheiro de frescor, de hortelã recém-cortada, lírios brancos. Saniya se volta para Daniel e pergunta se ele gostou da indicação do lugar, da comida, se ela demorou muito...

É justo nesse ponto que Tito percebe que a semelhança física com Fernanda está longe de ser o detalhe mais perturbador ali. A semelhança entre as duas está na atitude, nos gestos de adoração que Fernanda tinha por Daniel. Ela está feliz. Sim, aí está o retrato de uma garota feliz e iluminada apenas por estar perto de Daniel. Sorri pra ele como em um filme de comédia dos anos 1920. E Daniel, por sua vez, olha pra ela sério e firme por um instante ("são os olhos dele"), e imediatamente diz para Tito, como se acabassem de se encontrar pela primeira vez:

— Então. Você fez boa viagem?

Saniya é quem propõe irem até a escola de inglês onde ela ensina para garantirem logo a matrícula. Saem da loja de waffle se afastando mais do centro. Tito na frente, caminhando ao lado de Saniya, que tagarela cheia de charme, com o sotaque típico de Norwich e Daniel, obrigado pela calçada estreita e sinuosa, vai um pouco atrás dos dois, fumando um cigarro. Tito custa a entender que Saniya não é só uma surpresa desconcertante, mas por fim entende. Basta virar a esquina, basta que a garota aponte a casa georgiana cuja porta tem uma aldrava e uma placa "Norwich Institute for Language Education, Nile" para que ele tenha um insight: ela é o ponto fraco de Daniel. Como essa iluminação se faz em sua cabeça, ele não tem certeza. Na prática, o que acontece é um carro passar pelos três muito devagar e, pelo reflexo de uma vitrine, Tito vê o conjunto que formam. O mesmo que formariam se anos antes ele tivesse sabido sobre Fernanda e Daniel. Faltava que entendesse o quanto a relação era vertical. Então o instante se desfaz. Saniya atravessa. Os dois a seguem. Ela digita o código e a porta do prédio se abre, ela os chama a entrar, mas...

Daniel sacode a cabeça. Precisa fazer uma ligação. Saniya parece desapontada. Mas Daniel nem liga, e afinal ela aceita entrar sozinha com Tito e resolver a questão.

A experiência de ver Saniya sem Daniel por perto é quase um experimento antropológico. Ela não tira o casaco, parece querer resolver tudo com a maior pressa possível. Não olha

Tito nos olhos, e talvez seja pela luz interior, fria, que não a favorece, mas, separada de Daniel por uma parede, ela parece ter perdido parte considerável de sua beleza.

— *Follow me.*

Entram em uma sala que, apesar de não ser a primeira da casa, parece funcionar como recepção. Da janela — uma janela enorme, quase uma vitrine — é possível ver Daniel ao telefone. Saniya não tira os olhos daquela direção, Tito repara. Não tira os olhos mesmo durante uma apressada conversa com uma Elizabeth Moss que está atrás do balcão. Uma Elizabeth Moss que, sorrindo, olha para Tito e faz que sim com a cabeça. Afina, a Elizabeth Moss faz um gesto convidativo para que ele se sente. Saniya olha para trás. Para Tito. Depois para Daniel através da janela.

— *Tito, this is Emma* — Saniya aponta a amiga. — *She will take great care of you.* — Saniya sai em disparada para fora do prédio até reaparecer do outro lado da janela de vidro, na calçada onde Daniel se encontra. Tito os vê na sua diagonal.

— *So, Brazilian, right? Can you fill this paper out?*

Ele recebe formulários, caneta. A mulher desaparece da sala.

É seu dia de sorte. Dividindo a atenção entre os formulários e a janela, Tito terá a oportunidade que a adolescência não tinha lhe dado: vai ver Daniel interagindo com uma namorada. É um curioso ritual de acasalamento: ela chega até ele sorrindo, mas Daniel não sorri de volta. Ela se afasta, fala de longe, como se não tivesse ganhado, ainda, permissão para se aproximar. De qualquer forma, esforça-se em continuar sorrindo, um pouco suplicante. Já Daniel se mantém sério. Diz alguma coisa. Uma frase curta, com a expressão levemente aborrecida.

A recepcionista volta. Traz outra ficha que Tito deve preencher. E Saniya e Daniel estão em lados opostos da moldura. Ele manda mensagens de texto para alguém. Mas ela continua falando e falando... Até que em um ponto Daniel ri e, pelo modo como Saniya se ilumina, a risada foi por causa de algo dito por ela. Ele diz algo mais e segue rindo. Olhando para o celular, parece que vai finalizar o contato com quem quer que esteja em sua tela. Então há um sinal, um gesto com o braço, que concede a aproximação de Saniya. Ela se aninha em seus braços. Depois sai de quadro.

Ela regressa com sua beleza refeita na sala:

— *Tudo bein*?

Sai rebocando Tito para fora.

Daniel ainda está lá, com as mãos nos bolsos, dizendo:

— Tudo pronto? Deu tudo certo aí?

Tito confirma e diz que as aulas começarão na segunda à tarde.

— *Brilliant* — Daniel responde. — Podemos marcar algo pra segunda à noite, então. Que tal? Eu passo aqui pra pegar vocês.

Daniel e Saniya saem andando como um casal feliz na direção contrária à de Tito. Ele apenas enfia as mãos nos bolsos e refaz, no caminho de casa, tudo o que acabara de ver e ouvir e, se antes não teria conseguido imaginar Daniel com Fernanda, agora não pode mais dizer o mesmo.

*

Carinna passava a arcada inferior na frente da superior para pronunciar o som do "j". Embora isso possa soar como algo feio e tolo — como alguém que ceceia ou coisa do gênero —, posso garantir que não era nada disso, que era coisa linda de ver seus dentinhos pontudos e o biquinho involuntário formando "Giulianna!" cada vez que chamava a irmã.

E é irônico pensar que ela morreu dizendo exatamente isso.

Giulianna!

Giulianna! Giulianna! Fazendo e repetindo o mesmo biquinho.

Enquanto a outra dizia "Socorro".

Seu cabelo era de um tom mais escuro, o que havia levantado várias suspeitas de que apenas Giulianna fosse de fato ruiva e Carinna, na verdade, pintasse os cabelos com Wellaton. A suspeita foi lançada por Flavinha, que jurou ter visto manchas vermelhas na sua farda, bem no ponto em que os cabelos batiam molhados.

— Minha mãe pinta os cabelos. Eu sei exatamente o que é aquilo.

As meninas tinham raiva porque 1) eram muito novas pra pintar os cabelos; 2) se pintassem de vermelho, todos entenderiam como inveja das irmãs Giácomo. Mas isso deixou Flavinha tão revoltada que sua mãe foi bater na porta de Rita.

— Não sei de que jeito de merda você cria essas suas meninas e isso não me interessa. Mas se alguém tinha que vir te perguntar por que cargas d'água tem uma menina de treze anos pintando o cabelo aí, bem, então que seja eu.

Pra começo de conversa, Carinna tinha catorze e não pintava o cabelo. Ela usava produtos específicos pra ruivas. Só isso. Essa versão, no entanto, foi contestada pela mãe de Álida Mourato, que tinha ido junto com a de Flavinha e dito:

— Ah, pelo amor de Deus, claro que ela pinta o cabelo.

E a mulher ficou bastante sem jeito. Envergonhada mesmo, ela diria. Mas tinha deixado porque era por um bom motivo.

— O que você diria se sua filha dissesse que queria se sentir mais conectada à irmã?

Flavinha ganhou, de qualquer forma, permissão pra fazer mechas bem loiras no cabelo cor de mel. As meninas que tinham Flavinha como líder nessa época apareceram, uma após a outra, com partes aleatórias do cabelo descoloridas. Depois passaram a ser vistas ostentando resultados capilares cada vez menos satisfatórios. As Giácomo seguiam imperturbáveis com suas madeixas ruivas, naturais ou não. Ficavam sentadas num banco de cimento como se tomassem sol, sem dizer nada uma pra outra, de um modo que ninguém mais parecia achar interessante, apenas Fernanda, que se aproximava delas sempre que Daniel estava por perto, exatamente como fazia comigo e com Renan, muito determinada a estar bem no campo de visão de Daniel pra onde quer que ele olhasse.

Fernanda orbitava o campo gravitacional das irmãs Giácomo e talvez se sentisse, também, como elas, sem nunca ter precisado pintar o cabelo.

*

No domingo daquela mesma semana, Tito topa se mudar para o quarto que Daniel havia sugerido. Combina com a recepção do hotel que voltará depois para pegar qualquer correspondência que aparecesse em seu nome. Daniel vem buscá-lo e caminha pela Magdalen Street, ajudando a arrastar a mala de rodinhas enquanto Tito carrega nas mãos duas sacolas de coisas recém-compradas e mais a mochila. Tenta fazer Daniel falar sobre Fernanda, mas ele age como se não houvesse nada para dizer.

— Bem, o que é que eu posso dizer sobre isso? — pergunta-se Daniel, fazendo a mala trepidar pela calçada. — No começo, eu pensava que era uma garota provinciana, dada a demagogias moralistas, o que não me agradaria, é claro. Mas depois entendi que ela precisava agir como se fosse assim. Entende? A gente não podia namorar publicamente.

E não é sempre que Tito se lembra como funcionava entre eles, na adolescência, como era namorar escondido. Mas cabe agora pelo menos ter clareza do que Daniel diz quando fala em "namorar". Há uma questão nas palavras, traduções e culturas que não pode ficar entregue ao acaso. Namorar publicamente.

— *Dating, you mean?*

— Ora, sim. *Being in a relationship.* Quero dizer... Eu achava a Fernanda incrível, só isso. Percebi que precisava dela desde o começo.

Precisava. *Needed.* É uma resposta que não esclarece nada. Quando foi esse começo? E ele precisava do que dela, ou para quê? Tito está com essas perguntas já quase lhe saindo pela boca quando Daniel envereda em um dos becos do cais e fazem a curva à margem do Wensum. Casas geminadas de tijolo aparente e quintais cheios de plantas brotam das esquinas.

— É aqui — ele diz, quando ainda dá para ver a parte de cima do hotel. — Vai encontrar seu quarto com facilidade. É o único que tem cozinha.

O quão estranho é que Daniel não queira entrar junto no prédio que ele mesmo alugará a Tito é uma questão que Tito pode considerar uma *red flag*. Tem algo de errado nisso. Mas Daniel deixa bem evidente sua intenção de permanecer na calçada ao tirar um cigarro do bolso e contestar seria inútil. "Bem, dane-se", Tito decide, afinal, que entrar sozinho não é de todo mau. Ficar um pouco só lhe fará reordenar as perguntas na cabeça. Precisa ser astuto para extrair uma história inteira de Daniel, e não é o que vem fazendo. Está deixando que ele conduza a conversa, direcione sua curiosidade para zonas menos relevantes. Abre a porta de vidro que dá em uma salinha bem pequena com dois sofás e, em seguida, para uma imensa sala de jantar e uma cozinha na qual caberia todo o seu antigo quarto de hotel. Segue pelo corredor. Há ganchos para pendurar o casaco, uma escada acarpetada que ele galga, segurando a mala pela alça lateral. Precisa de clareza: o que interessa nesse namoro de Daniel com Fernanda não é como começou, mas como isso invalida as informações que ele tinha antes: Giulianna escrevendo o nome deles em código dentro de corações nas carteiras do colégio. Daniel desenhando Giulianna por horas. Fernanda olhando para ele com admiração e se aproximando das Giácomo só para ficar um pouco mais perto de Daniel (teoria de Tito). E, se é assim, em que ponto essa situação tinha mudado?

A cadeia de pensamentos é interrompida pela descoberta da sala de estar. É um ambiente enorme, acarpetado. A parede contrária à porta está coberta por uma espessa cortina de tecido, que ele não resiste em abrir, apenas para descobrir, maravilhado, que se trata de uma parede de vidro do teto ao chão e dá para a vista do Wensum em um ponto especialmente violento da trajetória. Solta a mala. O rio correndo com força no dia nublado, a vegetação colorida do outono avermelhado. É bonito demais, desconcertante demais... Olha ao redor da sala: há uma grande lareira no canto direito, provavelmente falsa, como a do hotel. E estantes de madeira abarrotadas de livros de arte. Uma mesa grande, de jantar, com cadeiras à volta. Tito já está começando a se habituar com esse detalhe das casas inglesas: olhando de fora, parecem pequenas e modestas, não ocupam muito mais que uns três metros da calçada. Mas, por dentro, são gigantes e, não raro, labirínticas em suas escadas. Sobe outro lance. Promete a si mesmo trabalhar naquele ambiente da lareira mesmo quando houver outros hóspedes, o que não parece ser o caso agora. Abre as portas de dois quartos e eles estão tão vazios quanto o último, que tem cozinha e banheiro próprios, e que imagina ser o seu. Larga a bagagem no meio do quarto. Deixa tudo como está e, enquanto desce para se reunir de novo a Daniel, pensa sobre essa mania dele de ficar sempre do lado de fora. Talvez esteja apenas criando para si mesmo certa aura de mistério, afinal, Tito é um repórter vindo de longe contar uma história que só tem ele como testemunha. Isso deve envaidecer mesmo um sujeito como Daniel. E, longe de deixar Tito desconfiado, a vaidade de Daniel o deixa benevolente, como se estivesse lidando com uma velha supersticiosa. Ao sair, Daniel já terminou o cigarro.

— Tem tudo de que precisa? — Daniel lhe pergunta.

Tito faz que sim e voltam pela mesma rua de onde vieram. A verdade é que tratar Daniel com essa condescendência faz com que Tito se sinta no controle da situação, quando na verdade estão óbvias sua posição de vulnerabilidade e sua própria parcela de ridículo ali, incapaz de extrair os detalhes necessários, os que anseia, deixando que, em vez disso, Daniel conte o que bem entende.

Vão almoçar no restaurante da Norwich Cathedral porque Daniel quer apresentar a Tito as grandes iguarias da culinária inglesa: o assado de domingo e o *Yorkshire pudding* que chegam à mesa com apresentação sofisticada.

— É uma comida de trabalhadores — Daniel diz. — Esse molho à parte não é nada senão a raspa da panela. E, como eu ia dizendo... — ele vai de um assunto ao outro sem fazer pausa — me impressiona que você ainda não soubesse de mim e Fernanda a essa altura. Se estava flertando e sendo correspondido por Carinna... Quero dizer... As meninas sabiam. Carinna, Giulianna... elas sabiam. E, de certa forma, nos davam cobertura.

— Na verdade — Tito confessa a Daniel —, Fernanda chegou a me mostrar um desenho que você fez de Giulianna. E Carinna também me contou sobre esse desenho. E contou como se aquilo fosse uma prova da sua adoração.

Ele fica um tempo quieto. Tito prossegue:

— Por que ela ia dizer isso pra mim?

Daniel desconversa.

— Não faço a menor ideia. Aquela Carinna, me desculpe falar assim dela, mas tinha sérios problemas.

— Como assim? Que problemas?

Ele prossegue direto para outro tópico:

— O desenho de Giulianna foi feito com Fernanda sentada do meu lado — ele conta. — Ela mesma convenceu Giulianna a posar e insistiu que eu lhe ensinasse algo sobre proporção humana.

— E por que Fernanda queria aprender isso?

— Ela queria aprender tudo. Tudo que eu pudesse ensinar, ao que parecia.

— Mas Giulianna escrevia o nome de vocês dois em corações no início do semestre...

Ele não parece surpreso. Nem interessado. Mas diz um *"blow me"* de boca cheia e continua:

— *Did she?*

A verdade é que não era ruim estar com Daniel ouvindo a impressão dele, reconstruindo para Tito cenas que ele não havia presenciado e das quais tentava fazer parte ainda que em retrocesso — agora, já um homem maduro, podendo ver todos esses pré-adolescentes de cima. Antes de se despedirem diante do carro de Daniel, no estacionamento da catedral anglicana, ele diz que nada dessa história de Giulianna gostar dele o atraía. Garante que *"there was no funny business between us"* e isso era tudo que havia para saber.

CAPÍTULO QUINZE

Poucas coisas podem parecer tão relaxantes quanto o som da chuva tamborilando suave quando você acorda em um quarto estranho e não tem de ir trabalhar, Tito pensa quando o despertador toca às sete horas. Mas este não é um dia assim, decerto. Não é porque será o primeiro dia de aula em um curso novo, porque sua professora será a namorada de Daniel e porque também é um dia que terminará em um pub com Saniya e Daniel. Devia ter comprado um guarda-chuva, é o que admite ao se levantar da cama, tateando em busca dos óculos. Mas parece que o lugar em que escondem as vendas de guarda--chuva populares em Norwich é um segredo, já que até hoje não tinha visto nenhum.

Liga a chaleira elétrica e o rádio começa do meio a quinta sinfonia de Dvorak, *Ode ao novo mundo*. Olha o celular e manda qualquer mensagem insossa para Renata enquanto mexe na xícara um pouco de café solúvel, caminhando até a varanda.

Uma coisa que sabe é que, se não estiver confortável e à vontade consigo mesmo, será manipulado na entrevista mais uma vez. Isso é um dos gatilhos que costuma disparar a ansiedade.

Por causa do trabalho, Tito havia aprendido muitas formas de ficar confortável em sua pele e de passar uma aparência de neutralidade e confiança. Do que ele veste ao que ele carrega, tudo é estratégico quando está diante da câmera. Consegue se adaptar fácil às mudanças e aos improvisos — transição do frio extremo para o calor extremo, do ambiente formal ao informal — mesmo segundos antes de começar uma transmissão ao vivo, porque pensa com antecedência em tudo que pode dar errado e se prepara de antemão. Acostumou-se a olhar para todos os pontos ao seu redor, e para cima, inclusive. A elaborar rotineiramente planos para tudo que possa acontecer durante a transmissão. "Que tipo de coisa?", o psiquiatra certa vez havia perguntado na consulta. E ele mesmo ficou impressionado ao dizer em voz alta tudo que lhe ocorria: um louco atacando por trás, uma cuspida sobre sua cabeça, um ovo vindo do nada... Bem, foi certamente levando esse tipo de coisa em consideração que o psiquiatra acabou receitando a sertralina. E Tito não consegue mentir, sente falta de ter seus neurotransmissores controlados, sobretudo diante da chuva insistente, essa fraquinha, fria e eterna garoa da Inglaterra, ah, isso acaba com ele.

Volta para a cama e se enfia de novo debaixo das cobertas. A chuva é a criptonita de sua dignidade. Leva-o no mesmo instante de volta à selva de seus antepassados, sejam eles quais forem. Deixa a caneca de café na mesa de cabeceira, lembrando que no Brasil todos podem fazer vista grossa e ter compaixão com a descompostura de um sujeito apanhado pela chuva, mas o mesmo (e ele sabe disso por experiência) não se aplica ao Reino Unido. Aos vinte anos, passou uma semana inteira chegando à aula em Londres como se fosse um pinto molhado, confiante de que todos estariam na mesma, apenas para constatar, ao abrir a porta da sala, como todos os seus colegas pareciam ungidos por vidro líquido — a água toca os ingleses e não os modifica, são como que imunes à sua constituição molecular. Pensou nisso numa das vezes mais emblemáticas em que foi chamado, exatamente nessas condições, ao balcão de ajuda a estrangeiros para se justificar quanto aos atrasos.

— Bem, não foi minha culpa dessa vez. Fui pego de surpresa por toda essa chuva e...

A mulher apenas riu, e com razão. Como poderia ser surpresa, afinal?

— Aqui é a Inglaterra — ela falou. — Aqui chove.

Ele desperta de novo sem se dar conta de que havia dormido. O rádio ainda está ligado e ouve o locutor dizer que a programação da manhã chegou ao fim. É hora de pensar no que vai fazer, então. Terá de sair para comer algo no caminho do Nile, e é isso que faz. Ao descer, espreita os outros quartos do prédio, a sala e a cozinha coletivas, e parece que nenhum hóspede novo chegou enquanto dormia.

As aulas começam às duas da tarde e desta vez ele ultrapassa as portas com aldravas do Nile com a segurança de um aluno regular. A sala de sua classe de *upper-intermediates* será logo a primeira do prédio com vista para a rua. A professora que, afinal, não é Saniya, e sim uma senhora argentina meio Susan Sarandon, pede à turma para desenhar e colorir seus prenomes e suas bandeiras. (Uma atividade infantil e irritante, sem dúvida. Quem afinal decidiu que o parco vocabulário de um estrangeiro lhe põe imediatamente no mesmo grau de cognição de uma criança de cinco anos?)

Estrangeiros, ao que parece, sofrem uma metamorfose ao se tornarem professores de inglês. As dificuldades que têm com a pronúncia viram um foco obsessivo do mesmo problema nos alunos e, quanto menos sabem resolver as limitações em si mesmos, mais obstinadamente as combatem nos outros. A professora argentina sublinha na lousa as palavras tônicas de cada frase e não se contenta até que os estudantes falem na mesma melodia. À noite, conforme o combinado, Daniel passa no Nile e se encontra com ele e com Saniya, que termina de dar aulas em outra turma no mesmo horário.

— Muito bem — ele diz. — Vamos a um pub de verdade desta vez?

O The Walnut Tree já está lotado, apesar de não passar das cinco. Tito acompanha Daniel até o balcão, e Saniya vai atrás de algum lugar na parte de dentro do bar. Está um barulho desgraçado, e Tito entra em um vão entre dois brutamontes para disputar a atenção do bartender. Logo Daniel gruda nele.

— Tá aborrecido, forasteiro?

Tito estranha o tratamento.

— Sempre quis chamar um brasileiro assim. É uma vingança boba. *Sorry.*

— Só tô um pouco amuado. — Tito revira os olhos.

A impressão é de que está velho para pubs "de verdade". Não sabe qual cerveja pedir nem como conseguir a atenção do garçom.

Daniel faz um gesto. Ele não deve se preocupar com isso. Consegue a atenção do bartender muito rápido, como quem tem a senha correta, e escolhe, sem demora alguma, três *pints* de uma *ale* cuja marca Tito não distingue, mas que já no primeiro gole se mostra extremamente alcoólica e tão doce que ele sente um arrepio. Saem do balcão procurando Saniya, desviando de monstros ruivos bêbados muito concentrados no jogo de futebol transmitido pelas várias televisões do recinto. Um deles abre os braços vociferando algo incompreensível para outro amigo e acaba virando metade da cerveja de Tito em sua roupa. O desconhecido molha também o próprio pulso. Olha para o braço, aponta e diz:

— *Are you mental?*

Tito trinca os dentes de raiva, mas acaba dizendo *"sorry"*, perguntando-se onde tinha ido parar a cordialidade inglesa, onde ela vai parar durante os jogos de futebol? E é bem neste ponto que Daniel toca seu ombro e os conduz para outra sala. Há gritos vibrantes de uma falta marcada perto da grande área, e Tito olha para cima procurando descobrir quem joga, tentando reconhecer as camisas do Manchester United e do Liverpool. Ainda tropeça em dois malditos degraus imperceptíveis que dão acesso ao novo ambiente: uma gruta, cheia de homens entre quarenta e cinquenta anos. Seu habitat. Em um canto mais escuro, Saniya os aguarda sentada em uma mesa bem escondida. É a placidez em vida tomando anotações em uma caderneta, iluminada por velas e arranjos de flores. Acena para os dois e, vendo a entrada desajeitada de Tito, ri e comenta:

— *What's wrong with your shirt?*

Guarda a caderneta na bolsa, enquanto se aconchega nos braços de Daniel, que dá a volta para sentar-se ao seu lado. É irracional, mas a raiva de Tito, que começou desde a impossibilidade de conseguir a atenção no balcão e se acirrou ao longo do percurso, a cada trombada com os bêbados, é imediatamente transferida para ela, para a própria Saniya. De algum modo, aquilo tudo é culpa dela. Ela é mais fraca. Ela deve sofrer naqueles ambientes selvagens, não ele. Além disso, sua presença ali inviabiliza a conversa que ele quer ter com Daniel. Tito deveria estar perguntando a Daniel sobre as três meninas à beira do rio e, de súbito, se dá conta de uma coisa: Carinna — é isso que Daniel não quer lhe dizer. Carinna. Só ele não sabia que nunca haveria nenhum *funny business*. E a palavra em inglês reverbera o termo *"funny"*: *never... "You would never have laid a finger on her"*.

Alguém faz um gol, despertando a comoção geral e os gritos de dezenas de marmanjos bêbados, e Tito se afoga tomando o resto da cerveja de uma vez, olhando para a tela e procurando se acalmar. Carinna não ia ficar com alguém como ele.

Ao longo da noite, falam sobre futebol inglês, sobre a história de Norwich. Daniel se revela um profundo conhecedor das intrigas históricas envolvendo religião. Conta, por exemplo, que a Catedral Católica, em toda a sua exuberância, era, na verdade, um presente vergonhoso dado em troca da cabeça de alguns bispos. Saniya se afasta deles para falar com duas amigas e ficam as três longe, não exatamente dançando, mas conversando de pé e se mexendo pouco, em movimentos ritmados. Daniel aponta para uma delas: uma magrinha cuja vestimenta inteira, desde os óculos, parece ter sido confeccionada para alguém com o quádruplo de seu tamanho.

— Tá vendo? — ele pergunta. — Aquela ali se chama Kathleen, a família dela esteve envolvida e eles ganharam terras pra burro com esse pequeno ato de traição.

A história continua com mais alguns detalhes sanguinolentos, decapitações e algumas observações dele do tipo "mulheres precisam estar em bando de três ou quatro, nunca mais que isso nem menos". Um detalhe que, primeiro, Tito registra com interesse jornalístico, lembrando que Carinna, Giulianna e Fernanda eram, afinal, um grupo de três meninas. Mas logo se lembra de Renata. Ela andava exatamente num bando de quatro quando a conheceu, e esse bando, vez por outra, se reaglutinava e se reconfigurava em trios e duplas. Onde estão essas amigas de Renata agora? Saniya volta com as amigas para a mesa. Além de Kathleen, há outra garota loira de olhar direto, muito bonita e assustadora chamada Jenny.

O assunto na mesa vai e volta para vários temas que não lhe dizem respeito até chegar à questão que Tito traduz livremente em sua cabeça como "narrativas reais". Achou que estivessem falando de livros ou do fato de Norwich ser a cidade da literatura, título escolhido pela Unesco em um passado recente. Arrisca-se a perguntar o que gostam de ler, que autores norwichienses ou algo que o valha elas poderiam recomendar, mas não estão falando sobre isso e sim sobre chefs de cozinha e redes sociais. Jenny olha para Tito e diz:

— Se quiser conhecer a expressão da Norwich contemporânea, o impacto que ela tem e que ainda terá na história, não perca seu tempo com os livros nem com exposições de arte... Tudo isso é imitação de séculos passados feita por fantasiosos que não têm nenhuma conexão com a vida real, com o hoje.

Tito se volta para ela com atenção. Não que se importe com a Norwich real. É só um jornalista brasileiro; se escrever sobre a cidade, escreverá para outros brasileiros, outros turistas, e para eles o familiar e o exótico já dão e sobram. O time local que também tem um canarinho como mascote. As bibliotecas, os cafés frequentados por Kazuo Ishiguro ou Ian McEwan. A estrada em que W. G. Sebald morreu. Mas Jenny prossegue sua defesa sobre o que chama de "as novas artes". Tito se apruma na cadeira para ouvi-la.

— *Do you think so?*

Ela continua dizendo que, se ele quer entender a verdadeira expressão inglesa, deve procurar os cozinheiros ingleses. Eles sim contam a verdadeira história, apesar de toda a escassez de matéria-prima que aquele pedaço de chão está fadado a enfrentar.

— Achei que a Inglaterra se orgulhava de ter uma culinária rústica e funcional. Os ingleses são os antifranceses do mundo.

— Sim, porque tem a ver com trabalhar com a limitação do solo. Um cozinheiro nunca pode perder a conexão com a terra, entende?

A garota magrinha se une a esse argumento.

— A arte só vale como experiência transcendental — acrescenta com um ar distante. — E não é mais possível estar, hoje em dia, nos livros, teatros ou galerias porque as pessoas não leem livros, não vão ao teatro nem se importam com galerias. Ainda que fossem, estariam olhando para o telefone. Estariam tirando fotos e postando. A arte precisa construir pontes.

Tito acha melhor não discutir. Para começo de conversa, acha extremamente cansativo conversar sobre arte com pessoas que levam isso demasiado a sério. A arte tem que isso. A arte tem que aquilo. Era como Felipe falando Jornalismo com "jota maiúsculo". Só o faz querer perscrutar suas idades, sentir pena daquele desperdício de juventude. Para ele, não passam de meninas brancas do Primeiro Mundo, mimadas, muito bem alimentadas de todo o melhor que a humanidade produziu e seus antepassados saquearam, e que agora precisam bancar as iconoclastas, ansiosas por demolir as pontes sem terem feito a si mesmas a pergunta: será que todo mundo já as atravessou?

— Então vocês não consomem livros, nem cinema, nem nada?

Fazem que não, muito resolutas. Tito avalia a idade delas e se convence de que sofriam de "interessância". Esse hábito que algumas pessoas têm na juventude de odiar algo que todo mundo ama e amar algo que todo mundo odeia, para se destacar da multidão.

Ficaria nisso se Saniya e Daniel não tivessem chegado com suas próprias defesas, um completando a frase do outro: a música clássica já foi ensinada em sala de aula, mas agora tudo isso tem de ir para o saco, as artes plásticas também, e aulas de lógica, e os estudos avançados em filosofia. Claro que ainda temos livros e jornais sendo escritos, impressos ou digitais, mas isso não tende a durar muito.

— São produzidos pra uma cadeia de poucas pessoas — Saniya explica. — Descasque qualquer leitor de livros e você encontrará nele nada mais além de outro escritor enrustido. Não há um público real aí. Apenas colecionadores, gente que tem um hobby e troca selos entre si.

Daniel parece muito sério ao dizer:

— Somos uma geração que come, trepa, briga e joga. E só quando nos assumirmos como tal poderemos sacralizar tudo isso. Senão vamos perder pro fanatismo religioso. Ele, ao menos, dá um sentido à vida.

Aquilo não deixa de ser um bom argumento. Tito é capaz de reconhecer. Mas a discussão vai começando a deixá-lo deprimido. Foi ali para descobrir uma história e ser capaz de contá-la. Agora está cercado de meninas de vinte e poucos anos dizendo que isso é apenas seu ego, sua vontade de se destacar entre seus iguais e ganhar meia dúzia de fãs, profetizando que Tito iria acabar insensível uma hora ou outra.

— *The cypher moment* — Tito sublinha, sem que ninguém entenda nada.

— O quê?

— *Nevermind*.

Levanta-se e desabafa que está cansado, é melhor ir andando para o Friars Quay enquanto tem energia para isso. Afinal, o que elas não sabem é que ele *já perdeu* a sensibilidade. E isso já vinha ocorrendo havia algum tempo, ainda assim está ali. E, por mais que não seja um artista, e sim um repórter, ele vem cavando um motivo para prosseguir e dar sentido à vida, ainda que não seja capaz de explicar sua obstinação com um substantivo melhor que a teimosia. Por enquanto, aquilo ia ter que bastar.

CAPÍTULO DEZESSEIS

Ter aulas de inglês, diariamente, significa também o começo de uma espécie de hábito que envolve acordar tarde, tomar banho, comprar água, sair direto para o almoço no mercado público — comida chinesa, quase sempre — e de lá caminhar para a escola de idiomas. Saniya está dando aulas a uma turma de nível inferior, de onde sempre sai mais ou menos no mesmo horário que ele. De lá, do instituto Nile, Daniel vai encontrá-los para umas cervejas. Tito volta para casa semibêbado, com um gravador cheio de novos apontamentos sobre Daniel, como a constatação de que ele tem um prédio arrendado na Elm Hill.

As únicas noites em que não saem para beber são as terças-feiras, quando Daniel tem seu compromisso misterioso, e as sextas-feiras, pois dá continuidade ao *leisure course* sobre escrita memorialística e costuma discutir seu texto escrito em inglês, cheio de percalços, com um professor que chama de *"mister"* e de *"sir"*, embora deva ter uns doze anos a menos que ele.

— Bem, a Elm Hill é uma rua antiquíssima — diz o professor. — Os prédios são todos tombados. Cada um com uma história longa e famosa por trás de si. Se você está escrevendo sobre alguém que tenha algo arrendado lá, é provável que possa descobrir bastante coisa sobre a pessoa.

Tito não comentava que era um jornalista profissional, formado e calejado, até porque, no que tangia ao modo de fazer pesquisa, um país difere completamente do outro. Uma mínima desinformação sobre o funcionamento do serviço público faz uma diferença absurda. A falta de contatos, a dificuldade de comunicação... Mas Tito se sente mais animado ao menos em saber que alguns desses prédios pertencem ainda às mesmas genealogias, há séculos. Se der sorte, descobrirá se há ali alguma família desfeita em alguma história macabra em que uma das crianças, um menino, teria ido morar no Brasil até voltar e assumir o imóvel.

Por um lado, o professor se satisfaz em saber que ao menos seu vocabulário parece mais rico e seus tempos verbais estão mais variados. É um mérito das aulas diárias de inglês, sem dúvida. Por outro, o professor julga conveniente pressionar um pouco mais e relembrar que, ao término do curso, terá de apresentar um projeto.

— Não sei ainda se entendi exatamente o que você está tentando escrever...

— E você explicou a ele? — Renata lhe pergunta quando conversam pelo telefone à noite, às vezes pondo Clarinha na linha se a filha estiver acordada.

— Tentei explicar — diz à esposa, enquanto se esforça para abrir uma garrafa de Merlot com a mão livre. — Mas não é simples. A maior parte das outras pessoas trabalha escrevendo suas lembranças. Fazendo miscelâneas de recordações próprias.

Eu pareço ser o único empenhado em vasculhar a memória dos outros. Em fazer pesquisa, apurar... Essas coisas levam tempo.

Esta é sua justificativa para tudo: por enquanto, está empenhado nas entrevistas, transcrições, deixa-se levar, de propósito, pela maneira como Daniel o conduz por sua versão daquele passado. Fica muito envolvido, aliás. O problema é que só quando está sozinho em seu quarto, quando tenta escrutinar em sua cabeça os vãos narrativos que precarizam a ponte entre o sucesso de Daniel e a derrocada das três meninas, Tito vê que não é que faltem partes da ponte. Toda ela está ausente.

— Mas você parece satisfeito — Renata conclui, com um tom um pouco triste.

Tito sente alguma frustração em ter que, para se satisfazer, se afastar da mulher e da filha, mas sim, finalmente vive a vida do repórter heroico, obstinado, que imagina ser. Esta é uma escrita pessoal. Memorialística. E a cidade muitas vezes o faz sentir de novo como se tivesse vinte anos.

— Bem. Eu queria que você visse isso aqui — diz com toda a sinceridade a Renata, olhando pela janela com a vista para a torre iluminada da catedral de Norwich.

Os dias vão e vêm e chove e faz sol e Tito se vê cada vez mais concentrado na rotina semanal, nos treinos matinais, em transcrever, nos fins de semana, as conversas que tem com Daniel. Muitas vezes, hóspedes novos chegam e partem sem que ele sequer registre sua presença, que não é muito mais que vozes do lado de fora. Coisas alheias espalhadas em lugares da casa. Às vezes, bilhetes educados se desculpando pelo barulho, pela chegada na madrugada, como se ele fosse o proprietário.

Mas, de sua parte, a única queixa é que, até agora, duas semanas se passaram e nenhum depoimento de Daniel deu conta das perguntas que mais o massacram. Sobre sua bancada, ainda estão os objetos pessoais das irmãs Giácomo, e Tito não consegue mais escrever uma linha sequer sobre elas.

Tito tinha acertado ao chutar que Saniya era a rachadura de Daniel. É por meio dela que descobre o ponto por onde erodir a muralha que ele representa. É ela quem revela, com uma inocência quase tola, que Daniel ainda desenha. Tito fica esperando por ela ao fim de uma aula, tentando forçar uma coincidência que os deixe um pouco a sós para ver se ela diz algo sobre o relacionamento.

— Ele não virá nos encontrar hoje?

— Ele não vem às terças-feiras.

— Ah sim, é verdade... Hoje é terça — Tito encena um esquecimento. — O que ele faz às terças, mesmo?

Desenha. É o que ela entrega na maior tranquilidade. Tito não pode deixar de pensar no primeiro encontro que teve com ele no The Last Pub Standing, e parece esquisito ele ter mentido sobre uma coisa tão trivial quanto o hábito de desenhar. Sempre às terças ele vai para um pub que promove sessões de desenho com modelo nu para amadores.

— Ora, mas parece ótimo — comenta, e diz a verdade. É mesmo ótimo saber disso.

Ela revira os olhos.

— Sim. É o que eu acho. Mas ele pensa que é coisa de fracassado. Morre de vergonha. Enfim. Não fala que eu te contei.

Claro que não vai falar. Vai apenas mudar de estratégia. E, no fim, não é difícil fazê-la falar muito sobre Daniel. Bem pelo contrário. Ela conta como se conheceram, quando ela era garçonete de uma filial do Costa em Suffolk. Daniel não era exatamente um cliente assíduo, mas era especialmente marcante.

— Marcante pelo quê?

— Pela gentileza — ela diz.

— Deve ser difícil se destacar pela gentileza no país da polidez.

— Oh, não. Não estou falando de polidez.

Não mesmo. Ela conta como se dava mal com a mãe e então conheceu Daniel. Ele ouviu com atenção seus problemas e ofereceu solução para cada um deles. Encorajou-a a sair de casa, auxiliou com a mudança, ajudou a escolher um apartamento, assinou documentos como fiador. Aparentemente, Daniel é uma espécie doentia de pai que vez por outra sobe para o seu apartamento e brinca de incesto. Não a ajuda propriamente com dinheiro, mas assume o lugar do adulto, desata aqueles nós mais chatos que emperram a vida: achar emprego, achar apartamento, consertar canos, sugerir investimentos.

— Daniel conhece muita gente, de muitos setores. E todo mundo confia nele porque ele... bem, sabe quando alguém se importa de verdade? Quando olha como se você valesse muito e como se... sabe? Ele é sério.

Sério. É um depoimento curioso esse de Saniya. Do ponto de vista de Tito, Daniel não a leva nada a sério. A adoração é, sem dúvida, unilateral.

— Você o acha sério mesmo sabendo que ele é um atraso de vida?

Ela não sente nenhum impacto no que Tito diz. Pelo contrário, parece concluir, surpresa, algo que Tito não sabe se entendeu direito, mas cuja tradução literal seria algo como "a liberdade de estar sob seu domínio". Tito se despede dela na frente de um prédio cheio de apartamentos com a impressão de já ter ouvido essa frase antes, e não era de uma fonte muito boa.

As histórias de Tito, do pobre forasteiro azarado, provando lasanhas péssimas graças às recomendações do Trip Advisor, provocam sorrisos condescendentes durante as aulas vespertinas. Mas geram risadas largas ao serem repetidas à noite nos pubs, ao fim de cada aula, para Daniel. Pois lá pode falar sobre cada aula de inglês como se fosse tema de um *stand up comedy*, e suas experiências cotidianas no Nile não costumam ser muito mais agradáveis que a lasanha ruim do Paolo.

— É difícil caber nos lugares aqui — explica. — Na sala de espera do curso de inglês, por exemplo, é triste de nos ver: todos nós imigrantes, nos esgueirando meio tímidos tentando caber ali, com casacos enormes pretos e sombrinhas, excesso de cabelos e mochilas...

E Saniya também ri. Tito tinha razão. De alguma forma o jeito como os professores faziam os alunos se aglutinarem os transformava em elefantes intimidados dentro de lojas de cristais. Eles, os alunos imigrantes, quase sempre não brancos (latinos, chineses, japoneses, mexicanos), ficavam entulhados, compartilhando três mesas grandes e sendo observados por quatro professores jovens demais e ingleses demais — eles, sim, em cadeiras individuais, um em cada canto da sala —, com pranchetas e tomando notas sobre suas interações constrangidas (ah, o comportamento desses fascinantes animais de zoológico). Em um desses dias, a professora resolve conduzir toda a aula em cima do tema da preservação ambiental, e a sala é redecorada como em uma grande intervenção de arte moderna cheia de imagens com crianças norueguesas tristes ao levantarem cartazes em que se lê "*I love snow*" ou adolescentes com "*There's no planet B*", detalhes que, pelo menos para Tito, mais aumentam do que diminuem o abismo na fronteira entre o "eles" e o "*them*".

Saniya interfere nesse ponto, dizendo que os temas são estrategicamente pensados nas reuniões matinais para serem os mais universais possíveis.

— Afinal, o planeta é responsabilidade de todos, não?

Naquela noite foram ao The Fat Cat, um pub tão movimentado quanto o anterior, mas com uma porção de adesivos "melhor pub do ano 2010/2011/2012".

Tito dá o braço a torcer e prova uma *stout* que parece apropriada ao clima.

— Pois eu me senti um imbecil. Vocês fazem um *quiz* pra testar os conhecimentos e perguntam o que é pior pro planeta: lavar a louça à mão ou à máquina. Isso não é uma questão pro Terceiro Mundo. Já ouviu falar em Paulo Freire? Nós não temos máquina de lavar louça. E, pra falar a verdade, em muitas cidades, nem sequer há separação de lixo seco e úmido.

Jenny e Kathleen se entreolham. Elas se mostram presenças frequentes nessas noites regadas a *pints* de *ales* e *stouts*. A primeira sempre com muito interesse em suas aventuras turísticas e no efeito que lhe causavam, por exemplo, esses refrigerantes diferentes que ele se inclinava a provar sem nenhuma evidência de que eram bons. A segunda revelando uma certa sensibilidade a respeito do impacto dos celulares no cotidiano e de como isso afeta o humor das pessoas. Claro que não demora a ficar óbvio que cada um ali, assim como Daniel, tem suas próprias obsessões relacionadas a fracassos ou desistências no mundo das artes. Daniel desenhava divinamente na adolescência, mas agora parece convicto de que seu trabalho no ramo imobiliário é dez mil vezes mais útil ao mundo. Jenny experimentou seu amor pelas artes dramáticas, mas hoje se interessa mais por chefs de cozinha. E a magrinha, Kathleen, tentou carreira no balé clássico, mas, entre ir para coreografias contemporâneas e ter de abdicar das sapatilhas de pontas ou ficar eternamente fazendo papel de fada, acabou optando pelo trabalho de mídias digitais.

— E você, Saniya? — Tito pergunta, vendo que ela anota algo em sua caderneta. — Quais são suas ambições?

Ela olha para Daniel.

— Viajar, por enquanto.

Ele parece ter gostado da resposta. Saniya diz que está no Nile justamente para obter um diploma de professora de idiomas e viajar para lugares paradisíacos: Tailândia, Vietnã, onde professores de inglês nativos no idioma são extremamente valorizados.

— Ela tá certa — Daniel começa a falar em seu lugar. — Uma pessoa que sai da Europa pra viver num país mais barato e continua recebendo em libra pode ganhar muito bem e trabalhar pouco.

— Sim, e tudo às custas de... — Jenny opina — ... aparentemente às custas de ter que viver sem lava-louças.

Eles riem. Tito ri também.

Depois da noite, deixam Saniya em casa. O casal insiste para Tito ficar no banco da frente e aquilo, que já é estranho em um carro brasileiro, se torna mais estranho ainda em um carro britânico, mas afinal eles usam o mais inglês dos argumentos: é mais prático. Tito então fica apenas acompanhando Saniya entrar, depois descer do carro sem beijos de despedida em Daniel, abrir a porta do prédio com uma chave magnética e desaparecer.

Enquanto assiste às luzes se apagarem, olha para Daniel.

— Desculpa perguntar — Tito diz. — Mas não tô interferindo no tempo que vocês passam juntos? A sós?

Daniel dá a partida, como se não tivesse ouvido a pergunta.

— Sabe... Não é só na aparência que ela me lembra sua prima. — Daniel olha para Tito como se quisesse deixar claro que está atento a esse detalhe. Por alguma razão, Tito sente gelar a espinha. — Ora, é claro que você reparou. O mesmo corte de cabelo, o tom da pele, os mesmos olhos, o formato do queixo... Ela é uma versão indiana de como Fernanda se pareceria aos vinte e sete anos, não acha?

Tito segue ouvindo, apenas. Preparava-se para algo meio fora de lugar. Com uma cantada, por exemplo, ele imagina que saberia como lidar. Mas Daniel continua falando de Saniya. É uma boa garota, segundo ele. Tão boa que Daniel tem medo de que ela se envolva demais e fique presa a todo o conforto que encontra agora, momentaneamente, nele. A verdade é que Daniel não tem nada a oferecer para uma jovem como ela. Se desistir de viajar por causa dele, perderá oportunidades incríveis e, vá lá, a oportunidade de se acomodar em um bom casamento, depois, com um garoto da mesma idade, em um arranjo mais adequado.

Daniel dirige para o Friars Quay passando pelo contorno do castelo, descendo a Tombland. É a história mais antiga do mundo. Daniel arranjou um apartamento para Saniya porque queria ter controle sobre os encontros com ela, mas não queria ninguém batendo à sua porta nas horas em que ele estivesse com outra pessoa, nas horas em que estivesse sem vontade. O compromisso com Daniel é uma via de mão única, estreita como esta em que o carro agora se mete. Ele pode procurar Saniya, mas Saniya não pode procurá-lo.

— E ela não se incomoda com isso? Não saber onde você mora?

Daniel ri.

— Ela não sabe onde mora setenta por cento da rede de amigos dela.

— Sim, mas você sabe onde ela mora. Não há o risco de você perturbá-la?

— Se houvesse... — Ele dá a volta na Tottenham, para a Magdalen Street, no caminho para o Friars Quay. — Bem, pode parecer estranho. Mas acho que é justamente isso que ela busca em mim.

O que Daniel quer dizer é simples: ele é, antes de tudo, uma pessoa com autocontrole. É exatamente isso que Saniya busca nele. É exatamente o que todos buscam nele. Tito cria essa nota mental para acrescentar à sua reportagem.

— De quem é mesmo a frase? — Tito pergunta. — Aquele que não governa a si mesmo está condenado a buscar senhores que o governem?

— Sua, me parece — Daniel diz parando no cruzamento da ponte do Wensum. — Foi você que acabou de dizê-la, não?

E é numa dessas noites, também, depois de deixar Saniya em casa, que Daniel fala sobre como se organizou para voltar ao Reino Unido.

— Na verdade, eu não saí lá de Santa Rita e vim direto pra Norwich. Passei um ano inteiro em São Paulo com minha irmã depois de sair. Nesse ano, fiquei quase sem contato com Fernanda. Você sabe. Não era como hoje. Eu tinha e-mail, mas não tinha computador e a internet era discada. Fernanda tinha o mesmo problema. E como você talvez entenda: não era fácil pra mim me expressar por escrito, em português. Um e-mail meu devia parecer muito frio.

Segundo ele, seu irmão que ficara em Norwich conseguiu ajudá-lo a voltar e lhe arranjou um emprego que o ocupasse enquanto lidava com a situação das amigas afogadas no Brasil.

— Então você foi embora por estar traumatizado? — Tito pergunta.

— Sabe... — Daniel segue impassível — Sempre achei que Fernanda deveria se afastar daquelas meninas. Especialmente de Carinna.

Segundo Daniel, Carinna tinha um problema sério de autoestima. De excesso de autoestima, que ficasse bem claro.

— Como assim?

— A menina fazia essa coisa de ficar testando quais garotos gostavam dela.

Tito se ajeita no banco do carona. Daniel continua:

— Não entendo bem essas coisas. O que ela ganhava com isso. Deu em cima de mim várias vezes só por saber que Fernanda estava comigo.

Tito repuxa o cinto de segurança.

— Você diria que não gostava dela, então?

— Não. Não gostava dela. Sei que é muito horrível dizer isso de uma pessoa que morreu, sei que você pensa que eu posso ter tido participação nesse acidente e que não faz sentido ficar em choque e sair da cidade quando morrem duas pessoas de quem você não é amigo exatamente. Mas a verdade era que eu já não gostava delas, já não gostava da cidade. Nunca gostei. Quis sair de lá desde o minuto que cheguei. E o fato de serem meninas de quem eu não gostava só tornava a coisa pior.

Duas meninas de quem não gostava. Tito repete a frase para si mesmo lembrando que afinal ele desenhou Giulianna Giácomo. Mas tenta não interromper o raciocínio.

— Se a fiação da igreja dava curto, diziam "foi o gringo". Se uma lâmpada da escola estourava, o gringo. Agora duas meninas tinham morrido. Eu estava ferrado.

— E ninguém nunca foi atrás de você? Se todo mundo te culpava por tudo...

— Espera. — Ele ergue a mão espalmada — Eu nunca disse que era *todo mundo*.

— Mas acabou de dizer que...

— Do que eu me lembro, eram seus colegas que gostavam de espalhar rumores sobre mim. E os preconceituosos da igreja, claro, e os entediados, as ditas pessoas de bem, uns velhos ignorantes como bestas brutas... Enfim... Nem devia ser preciso comentar. Veja como tá seu país.

Eu contive o argumento de que o dele não ia muito melhor e me lembrei de mexer no celular, ativar a gravação enquanto ele desabafava.

— O fato é que espalharam tanta besteira sobre mim que, francamente... — E então ele chega a sorrir. Sim, sua expressão é de um indubitável sorriso. Os cantos da boca se abrindo para o lado. — Pra polícia, se eu realmente matasse alguém, ia ser como aquele alarme de treinamento de incêndio que todo mundo ignora até o dia que o fogo é de verdade.

Por um instante, Tito fica desapontado com sua comunidade, seus amigos e parentes...

— Eu não achava essas coisas — Tito diz com honestidade. — Os professores do Sagrado Coração também não...

— Fui eu o primeiro a ir à delegacia e o primeiro a dizer que tinha visto um corpo no rio.

O silêncio toma conta do espaço entre os dois.

Até que há outro arremedo de riso.

— E quer saber o que é mais irônico? Foi um dos amigos da minha própria tia, que trabalhava na polícia, que inteirou o dinheiro da minha passagem. Disse pra ela: deixa esse moleque ir embora logo ou vão linchar ele hoje mesmo... E você... Bem, você me disse que estava prestes a ficar com Carinna... — Daniel reflete. — Mas, me corrija se eu estiver errado, em geral, quando se investiga a possibilidade de um crime, não é verdade que os principais suspeitos são tanto aqueles que odiavam as vítimas quanto aqueles que as amavam?

Sim, Daniel estava certo.

— Acontece que eu poderia nunca ter considerado ligar pra você e marcar essas conversas que temos. Mas Fernanda também morreu, não foi? Se suicidou, o que é pior. E eu nem ao menos estava lá — Daniel diz.

Então, pela primeira vez, ocorre a Tito que ele o chamou até ali não para contar seu lado dos fatos. Mas para ouvir o de Tito.

— Eu sei que você também estava perto do rio.

CAPÍTULO DEZESSETE

O outono é o melhor período da estada em Norwich. Nele, aprende mais sobre escrita memorialística, tradução e gramática inglesa do que teria conseguido em anos quebrando a cabeça no Brasil. Parece até uma redação de férias. Mas, sem compromissos a não ser os da aula de inglês e a oficina de escrita, aos poucos vai adotando as horas vagas para repassar a história do rio. Consegue voltar a cobrir jornadas inteiras diante do computador, e está começando a sentir algum gosto de voltar a escrever.

Tem também tempo mais que suficiente para estabelecer uma proximidade bastante intensa com Daniel. Ele procura ciceronear a estadia de Tito sempre mandando mensagens, indicando passeios, restaurantes e ajudando nas passagens mais difíceis de tradução, até sugerindo formas de remanejar frases escritas com resultados quase sempre dignos de elogio ao serem examinadas pelo ministrante do curso. Atencioso, esse mesmo professor não deixa de lembrá-lo de seus planos anteriores ("Já procurou saber sobre o prédio na Elm Hill?") e de cobrar:

— Fique atento com o prazo pra apresentar o projeto.

É também por essa época que Tito começa a perceber a desvantagem em uma turma de colegas mais bem familiarizados não apenas com a escrita em inglês, mas com aquela forma de trabalhar em primeira pessoa do singular. São todos muito mais escritores de memórias que Tito, e, à medida que as aulas se tornam mais práticas, com cada um escrevendo em sessões, repassando objetos e fotografias como caixas de supermercado passam códigos de barra, ele olha sua carteira, seu próprio esboço de projeto, e sente-se desorganizado, amador até o limite do absurdo. Como é possível que seja em seu próprio país um repórter conceituado e agora mal saiba explicar seu tema? Quando era foca, na redação, sempre que estava com problemas para resumir a matéria ao editor, ele o mandava voltar para a rua ou para os telefones ("Se não consegue dizer em voz alta, não consegue escrever"). Todos progridem tão rápido. Até Papa Allen, com as esporádicas aparições, os óculos bifocais e a caixinha de guardados, parece saber melhor que Tito o que está fazendo.

É cômodo atribuir aquele atraso à sua estrangeirice, à falta de familiaridade com o idioma e à falta de uma boa formação — o que é em parte verdadeiro —, mas raramente ele consegue ser paciente com seu próprio ritmo e com o quão pouco suas entrevistas evoluem para um perfil. Fora da sala de aula, na sala coletiva com a lareira no Friars Quay, repassa as conversas gravadas com Daniel enquanto contempla a paisagem do rio mudando de tom, do amarelo e vermelho-fogo para nuances de verde-pálido, cinza. As águas do rio vão ficando turvas como seu pensamento, em um úmido e prematuro inverno que encharca a cidade à medida que se dedica a melhorar o inglês, transcrevendo e traduzindo as entrevistas. Tenta se aconchegar, conseguir algum conforto comendo batatinhas Walkers perto da lareira falsa e se lembrando obstinadamente de Max Perkins e do conselho que ele pegou de Hemingway para distribuir a todos os seus escritores: abandone o trabalho quando souber exatamente o que fazer em seguida.

Quase nunca sabe.

É também a etapa que passa mais rápido.

O primeiro sinal do Natal pega Tito de surpresa em uma terça-feira à noite (dias de Daniel desaparecer), quando volta do Nile para passar no Tesco. É bonito de ver o evento em que se transforma o acendimento das luzes da cidade. Há crianças empolgadas, segurando balões infláveis transparentes com pisca-pisca embutido, a cidade inteira parece irradiar aquele clima de esperança natalina no qual a troca de presentes e de cartões é acompanhada da vontade de estar próximo ao fogo do Yule. Tito sente saudades de Clarinha. Queria que ela estivesse lá, vendo as lojas de brinquedo decoradas, ainda que ela já nem esteja mais na idade certa para os ursos da loja na Elm Hill. Uma banda de amadores se junta para tocar "Mrs. Robinson" na calçada da Jarrolds, e Tito se lembra da atmosfera que até então só conhecia por meio de filmes como *Simplesmente amor*. Costumava se sentir deprimido e frustrado no Natal, mas talvez o inverno seja o que torne a data mais coerente. O mesmo inverno que Tito passará a maldizer depois, sem a sertralina, vendo a cidade se tornar cinzenta, enlameada pela neve.

A procura desenfreada por presentes e cartões deixa as ruas apinhadas de cantores ruins, o céu sempre desabando água gelada e as noites longas demais para o tamanho do sono que ele tem. Aliás, Tito, que tinha se acostumado a dormir ouvindo a programação de *smooth classics* da Classic FM, passa a ser acordado no meio da madrugada pelos versos de "We're Walking in the Air" e o som dos corais, sobretudo os natalinos, que não param de lhe parecer assustadores. Ele abre a janela do quarto olhando na direção da torre da catedral enquanto troca áudios com Renata e Clarinha. ("Sim, eu estou atento aos acontecimentos do Brasil" e "Sim, eu vou levar uma camisa do Norwich e bengalas de alcaçuz de souvenir".) Nesses momentos, quase lamenta que elas não possam ver aquilo ("Olhem esse céu roxo do amanhecer!"). Tito lhes manda fotos tiradas com o celular que nunca são fiéis à coloração, e o que o conforta é que, afinal, não há como incluí-las em uma vida tão cheia de aulas e trabalho e idas aos pubs. Talvez seja triste, mas é a verdade: Tito não pode ter os dois mundos. É ora o delas, cheio de amor, laços e encharcado de cheiros, e ora este, da aventura. Em algum momento ele precisará escolher um dos dois.

Com o ano chegando ao fim, começa também a temporada de apresentações finais dos projetos do curso de escrita. Alguns colegas optam por fazer suas apresentações em noites de audição da Dragon Hall. A programação é em parceria com a University of East Anglia e a City College, e será realizada sempre às quintas, às seis da tarde, reunindo segmentos de escritores, de poesia, ficção e não ficção, muitos deles de fora de Norwich, oriundos de diversas partes do Reino Unido, mas também da África do Sul, dos Estados Unidos e do Canadá. Todos são convidados a ler em público uma parte de seus trabalhos. É um momento importante sobretudo para os mais jovens (alguns ainda com um pé na adolescência), sempre na esperança de que editores ou mentores locais tomem o evento como um *pitching*. Para alguns, trata-se da primeira vez encarando uma plateia, o que é motivo de tensão quando se sentam repassando seus papéis e balbuciando ensimesmados. Tito, que agora tem a companhia permanente de Daniel, Saniya, Kathleen e Jenny, consegue convencê-los a acompanhar uma dessas audições na saída do Nile, antes da já sagrada descida aos pubs. Apesar dos protestos — "Noites de microfone aberto são uma forma sofisticada de tortura" —, Tito os convence explicando que tem de ver como seus colegas vão apresentar os trabalhos para saber como apresentar o seu. Brinca que os colegas de turma eram facilmente reconhecíveis pelos andadores. Um exagero com fundo de verdade: pois, salpicados entre as filas de cadeira, cada cabeça grisalha é justamente um de seus colegas. Eles também são reconhecíveis pela falta de expectativas que parecem esbanjar em comparação aos adolescentes oriundos da UEA e da falsa imponência do National Centre for Writing, localizado em um Dragon Hall que já foi de tudo, de prostíbulo a mercado público, e hoje se mantém de pé alugando suas instalações para casamentos e eventos privados. Daniel e sua trupe riem um pouco do quadro. Um americano sobe ao púlpito e lê uma coleção de poemas: um sobre burritos, outro sobre tacos, outro sobre a noite. Jenny pisca para Tito: este está a caminho de entender sua geração.

Um sul-africano vem em seguida: lê algo em que Tito não consegue prestar atenção pois, enquanto lê, Tito observa cada um de seus colegas. Otto, Kevin James que era, ele percebe agora, é um espanhol que fica trocando piadinhas com uma das funcionárias encarregada da organização. Ele aponta para

a máquina de projeção. Faz que não com a cabeça. Ouve algo
e faz que sim.

Quando Tito volta a olhar para o palco, não é mais o sul-
-africano quem está lá e sim uma menina loira e cheinha de não
mais que vinte anos, provavelmente da UEA, lendo com riqueza
de entonações uma história que deve ser francamente hilária,
pois as pessoas se dobram de rir.

O clima de despojamento sofre uma nítida mudança
quando um dos organizadores chama Otto Sanchez com seu
projeto de escrita memorialística — uma visão a respeito da
Guerra Civil Espanhola a partir das recordações de seu avô.
Tito fica apreensivo por ele. Aquela não lhe parece a plateia
certa para um tema tão pesado. Exige um ponto de vista excelente e bom tino para manter uma plateia interessada. Bastará
uma quebra de ritmo, um sotaque difícil de entender e logo
todos estarão impacientes na cadeira, voltando a revisar suas
próprias notas, esperando sua própria vez de subir ao palco.
Então Otto entra como quem entra em uma palestra de TED,
com uma projeção atrás de si que mostra um velhinho em uma
cadeira de rodas. Os idosos da plateia lançam olhares cúmpli-
ces. Kathleen revira os olhos enquanto Saniya pergunta se tem
limite de tempo. Otto conduz seu show com bastante carisma.
E, por mais que Tito esteja atento aos pormenores, os furos
no ponto de vista, as etapas em que poderá faltar sincronia
entre o personagem e o momento histórico e mesmo ao inglês
com sotaque, mas muito correto, de Otto, todos os requisitos
de uma não ficção bem investigada e revigorante estão ali em
um capítulo que ele escolhe a dedo para destacar e ler para
o público. O trecho em que seu avô confessa, envergonhado,

o momento no qual ele e mais três colegas invadem uma casa para tratar um ferimento e acabam saqueando o lugar. O resultado é de uma surpreendente salva de palmas que eclode com o barulho de estática e o choro comovido do próprio Otto. Há um breve silêncio na plateia antes de novos aplausos, que agora parecem mais sérios que os anteriores.

No fim da noite, então, quando tomam suas *ales* no The Last Pub Standing, Daniel comenta a apresentação do colega de Tito.

— Nós julgamos mal seu curso, devo dizer. É bastante profissional para um *leisure course*. Acho que se seu colega quer consagrar a memória do avô, tá escrevendo do jeito que eu gostaria de desenhar — Daniel se inclina um pouco para trás. — Até Kathleen gostou.

Daniel tenta esconder, mas vai deixando aflorar sua sensibilidade artística. Elogia o ritmo, os detalhes originais, o interesse humano que é despertado mesmo naqueles pontos para os quais ele não liga a mínima.

— Bem, meu trabalho nunca será assim — Tito lhe diz. Diante do olhar de surpresa de Daniel, ele acrescenta: — Tô estéril, impotente, como suas amigas disseram que eu ficaria. Como aconteceu ao tal chef americano sem paladar e a Beethoven quando perdeu a audição, com a diferença de que eles perderam a sensibilidade quando já tinham chegado lá, eu ainda não.

Pronto. Está dito. Precisava dizer aquilo e, como resposta, um pouco espantado, Daniel pergunta com seriedade por que ele diz estar estéril ("Impotente eu posso adivinhar a razão", e olha para Jenny, que arrasta Kathleen e Saniya para o banheiro), por que acha que vai tão mal. Alguém tinha comentado alguma coisa sobre seu trabalho?

— Ora. Essas coisas ninguém fala. Eu deduzo. Faço minhas deduções também enquanto vou trilhando meu caminho pro alcoolismo, ao que parece.

Tito ergue seu *pint* como se propusesse um brinde.

Daniel meneia a cabeça.

— Os brasileiros têm dificuldade mesmo em distinguir o abuso da bebida com a prática saudável dos pubs. Escute... Preciso dizer que estarei fora de Norwich durante essas próximas semanas pra passar as festas, mas estava pensando que quando eu voltasse...

Daniel ensaia mudar de assunto. Sugere que Tito saia do Friars Quay e vá para um estúdio ali perto. Não é um lugar tão bonito, mas tem mais privacidade. Ele pode mostrar o apartamento a Tito quando for deixá-lo em casa. Fala depois sobre suas corridas, que ele deveria voltar a correr com mais afinco. Que Saniya faz parte de um grupo chamado Park Run e Tito poderia se juntar a eles nos eventos da semana seguinte. No fim, volta ao assunto da arte.

— O que há com você? — Daniel pergunta, afinal. — Tá exagerado na sua comparação ao seu colega... Tudo bem que era um bom trabalho, mas ele não fez aquilo manipulando os próprios sentimentos, fez manipulando os nossos. — Toma um gole do *pint*. Tito não reage. — E... estéril? Ele fez o que fez usando a cabeça, não o sistema reprodutivo.

— Claro. Não é como eu que, em vez disso, fico sendo passivo manipulado pela minha fonte, não é isso?

Agora é Daniel que não reage.

— O que você tá querendo dizer?

— Tô querendo dizer que meu tempo aqui tá passando, então corte a encenação de personagem misterioso e me diga de uma vez seu interesse nesta história.

— Como assim?

— Por que tu me encorajou a vir até aqui, a Norwich, e não a Great Yarmouth, onde aparentemente é sua casa de verdade? E por que fica me mantendo do jeito como mantém uma amante em outra cidade? E por que agora banca o guia turístico, mas não tem coragem de fornecer um só dado comprometedor sobre si próprio? Caralho, eu não sei nem qual é sua profissão, nem sua casa verdadeira! — Saniya está voltando do banheiro com as amigas, mas começa a atrasá-las. — Eu te vejo falar com umas pessoas ao telefone, fechar uns negócios, ter acesso a chaves demais, mas não sei nada de você. Ok, entendi sua versão: as meninas não eram exatamente santas. Carinna estava brincando comigo, e eu nunca fui realmente parte da realeza escolar. Você defende que não estava no rio na hora que elas se afogaram, mas sabe que não posso confiar no seu depoimento enquanto ficar fazendo esse mistério todo a respeito de sessões de desenho às terças-feiras. Você é tão apegado ao que seria uma imagem de sucesso...

— De sucesso?

Tito se levanta. Diz que quer o dinheiro do depósito que lhe fez para pagar o aluguel de volta, que não vai mais prolongar sua estadia. Essa entrevista com Daniel só faz arrastá-la sem trazer muita novidade.

E Daniel apenas continua falando que nunca prometeu a Tito que ia descobrir muita coisa, que tinha contado, sim, muito do que Tito não sabia. Que sente que ele tinha criado expectativas, mas nem com Saniya ele precisava falar assim...

Mas Tito não é uma garota apaixonada por ele que se esconde no banheiro, e não está mais ouvindo. Sai do pub sem olhar para trás. Vai contornando o castelo, escolhendo a dedo o caminho mais longo até voltar ao Friars Quay.

*

14 de junho de 2000

Aquela caminhada era uma coisa completamente inocente. Mas agora tanto Daniel quanto eu estávamos sem poder jogar bola e isso nos fez ter que comparecer ao reforço. Fernanda estava na tutoria de português havia tempos e tinha cantado pra Daniel, entre suas várias dicas, que uma vaga como tutor de inglês ou matemática (pois ele também era bom com os números) poderia render algum trocado. Isso foi surpresa pra mim. Sempre achei que ela estivesse naquilo apenas pra fazer média com os professores. Estávamos perto da temporada de provas, então as irmãs Giácomo acabaram comparecendo também.

Era sempre uma surpresa descobrir quem eram os pendurados nas disciplinas. Mas a maior surpresa de todas foi quando Daniel apareceu. Sempre achamos que ele não tinha condição alguma de pagar por aulas-extra. E, de fato, não tinha. Estava lá pra ensinar. Ele e Fernanda. As aulas eram de matemática e Daniel era mesmo excelente na disciplina. Quase tão bom quanto minha prima.

— Todos os ingleses são — Carinna tinha dito ao meu ouvido. Eu tinha certeza de que ela estava confundindo

os ingleses com os asiáticos. — Tem a ver com o modo como pensam e dizem os números. Com o vocabulário reduzido deles.

Devia ser bobagem, mas era tão absolutamente fascinante que ela tivesse, por conta própria, se postado ao meu lado e feito um comentário tão aleatório que não tive presença de espírito pra dizer mais nada. Nós tínhamos ainda que comparecer ao colégio pra educação física na época do reforço. Não éramos os únicos a ter que apelar pra aulas complementares ao fim do semestre. Também estavam lá Fabiana, a bruxa, e Álida Aquino, que terminou rápido os exercícios e saiu na frente. Mas havia algumas pessoas que estavam com problemas demais (era o caso de Giulianna Giácomo) e pediam ajuda de Fernanda a todo momento.

— Pode deixar — Daniel dizia a Fernanda — que eu cuido disso.

E tinha os que estavam extremamente desconcentrados, como era o meu caso, com Carinna. Eu trocava olhares com ela, passava-lhe bilhetes. Foi ela quem chamou minha atenção pra interação entre Daniel e Giulianna. Carinna se aproximou de mim, no caminho pro bebedouro, e, em tom de quem ia me contar um segredo, disse:

— Ele tá maluco por Giulianna. Tá vendo? Todos estão.

Desgrudei os olhos do papel. Olhei pra ela o mais sério que pude e disse:

— Todos não.

Hoje, ao escrever isso, em retrocesso, depois da conversa com Daniel, questiono minhas memórias. Por que ela falava isso se sabia que ele estava com Fernanda?

Será que ele estava certo? Será que Carinna tinha um problema de autoestima e queria saber quem era a mais bonita das *irmãs? Será que ela apenas queria ouvir, de novo e de novo, o quanto eu "estava maluco por ela"? Por que não me contavam sobre Fernanda? Por que a própria Fernanda, que conversava comigo o suficiente pra dizer que gostava de Daniel, não falaria sobre estar namorando escondido com ele? Quero dizer, que o namoro fosse escondido fazia sentido, visto que — e hoje entendo bem isso — o fardo da sexualidade pras meninas era, e talvez ainda seja, abissal.*

Mas eu me lembro disso tão bem que não posso estar enganado.

Eu disse: todos não.

Ela deu um sorriso que mostrava seus dentes largos. E eu me lembro disso. Lembro porque foi nesse momento que percebi uma cárie, bem redondinha e bem centralizada, no canino esquerdo.

Eu me apaixonei por aquela cárie como se fosse um piercing de dente.

Ela me devolveu um olhar maroto, voltou a se encaminhar ao bebedouro. Não tinha esquecido nada do que eu dissera por telefone. Não tinha, mas queria, só de brincadeira, fingir que sim. Sustentei o olhar até ela desviar um tanto mais corada e levantar a mão chamando Fernanda, alegando problemas incontornáveis com a fórmula de Bhaskara. Observei, então, do outro lado, a professora fazendo anotações e olhando pensativa pro espaço apertado da sala. O relógio. Estava provavelmente pensando no que iria servir de jantar pro pai viúvo naquela noite. Na lista de convidados pra sua festa de noivado. Então o olhar devaneado de Carinna achou o meu e ela me sorriu, encorajadora.

Então era isso: só precisava esperar que todos saíssem. Carinna queria uma confissão completa e sofrida do meu amor por ela. Queria que eu pormenorizasse as qualidades dela, mostrasse seu poder. "Falar com você pessoalmente." Se eu queria uma oportunidade, bem... ela não sairia sem a irmã. A irmã estava enganchada fingindo dúvidas com Daniel. Daniel estava mais que satisfeito em usar todo o tempo pra conduzi-la pelo mundo dos números, e não precisávamos nos preocupar com a marcação dos pais delas porque — essa é a ideia que me ocorreu finalmente, vendo Daniel voltar a conversar com Fernanda daquele jeito sério como os monitores fazem quando o cursinho está fechando — aonde quer que Daniel fosse, Fernanda claramente iria atrás. A professora chamou Fernanda no canto pra lhe entregar as chaves e dizer que precisava ir. Que ela fechasse as portas do reforço. A santa presença de Fernanda era o suficiente pra que os pais de qualquer um de nós considerasse santo tudo no que ela estivesse envolvida. Quando Giulianna disse que precisava ligar pra mãe pedindo que ela fosse buscá-las e levá-las pra educação física, eu sugeri:

— Por que não vamos todos andando?

Pois, se Giulianna fosse a pé, certamente Carinna iria também. E iria comigo.

O argumento de Giulianna foi o mais previsível.

— Minha mãe não gosta que a gente ande por aí sozinhas.

— Mas vocês não vão estar sozinhas — retruquei. — Vão estar num grupo grande. Com Daniel e com Fernanda...

Na hora, Carinna olhou pra mim como se soubesse exatamente minhas intenções e concordasse com elas.

— É verdade — ela disse. — Vamos estar com eles.

Os olhares que Carinna e eu trocamos só eram comparáveis aos que Fernanda dedicava a Daniel neste ponto.

— Daniel não vai pra educação física — Fernanda disse, parecendo muito adulta, preocupada com alguma outra coisa.

— Posso acompanhar todo mundo até o colégio. É meu caminho — Daniel complementou, dirigindo-se a Giulianna.

Pensando em retrospecto, agora me parece óbvio que Giulianna, ao mesmo tempo que se sentia atraída pelo papel de muda, sentia também algum desconforto visível em estar sozinha com Daniel. Havia qualquer coisa meio forçada entre os dois. Pediu a Fernanda pra usar o telefone do reforço e ligou duas, três vezes pra casa.

— Não atende — ela disse.

E Carinna estava realmente entusiasmada com a ideia.

— Deixa de ser otária, Giulianna! — ela disse, com raiva e fazendo o biquinho que fazia sempre ao pronunciar o som do nome. — Vai viver sua vida inteira pedindo permissão dos pais?

Então Giulianna cedeu, ainda olhando pra trás, contrariada.

Imediatamente Daniel se pôs na liderança pela estrada que não existia de fato, cercada de terrenos baldios, mas que ele garantia conhecer muito bem. Ia na frente, caladão, como sempre seguido de Fernanda, que conversava com ele. Eu ia no meio. Carinna e Giulianna sempre ficavam um pouco pra trás. Presas em algum obstáculo: um muro que precisávamos subir. Uma poça que precisávamos pular. Num desses pontos, Daniel se voltou até Giulianna lhe oferecendo um calço.

— Não — ela disse. — Não precisa.

E Fernanda teve que voltar da dianteira, oferecendo também a mão pra que ela, enfim se apoiando, saltasse o barranco entre *uma calçada mais alta e uma menor. Nesse momento, olhei pra Carinna.*

— Então... — ela me perguntou. — O que era mesmo que você ia dizer?

Olhei pra cima, pro céu pesado de nuvens, enquanto Daniel e Fernanda tentavam convencer Giulianna a saltar. Eu me voltei pro trio e pra Carinna esperando minha resposta, que não teve tempo de ser dada pois Giulianna, afinal, saltou.

— Temos menos de uma hora até a chuva começar — eu disse.

E sabia que estava desempenhando meu próprio papel o melhor possível. Porque Carinna foi quem começou a falar sobre si mesma.

— Adoro chuva — ela disse. — Meu sonho é tomar banho de mar na chuva. Mas férias chuvosas não são exatamente a ideia que meus pais fazem de praia...

Novos obstáculos. Pensei que era a primeira vez que eu estava onde queria estar, com quem queria estar, o filme de aventura era a minha vida. Era um Conta comigo no qual Giulianna seria a menina presa nos trilhos e eu não podia permitir que aquilo acabasse com o passeio. Aquilo era a minha aventura, e não era apenas Carinna a protagonista, cada personagem era essencial à química daquela tarde: o esforço físico pro qual eu tinha toda a vida me preparado, o interesse por meteorologia na possibilidade de ler o tempo. Mas o problema era: como eu poderia prolongar aquela aventura e de algum modo fazer com que ela acabasse do jeito que sempre acabam essas aventuras, pros heróis, enquanto Giulianna resmungava? Botei a cabeça pra funcionar. Pra onde eu poderia conduzir nós todos? Foi Daniel quem escolheu o caminho, pra começo de conversa, mas por que eu precisava confiar nele?

Chegamos a uma parte mais alta do mato que escondia cobras imaginárias. Giulianna conseguia sentir as serpentes nas pernas até que em algum ponto o mato acabou num abismo de pouco mais de um metro.

— Não consigo — ela disse.

— Daniel — gritei. — Não vai ajudar Giulianna?

— Se ela deixar...

— Ai, como vocês são!

O que Daniel fez foi basicamente levá-la nas costas. Pular com Giulianna encangada e seguir andando o resto do caminho. Primeiro ela gritou que a devolvesse, mas depois, percebendo os vários outros obstáculos que apareceram e a segurança e a falta de esforço de Daniel, começou a ceder.

— Relaxa. Confia em mim.

Giulianna não chegou a interpretar que não tinha escolha. Apenas pareceu concluir que, de fato, estar onde estava e ser arrastada por quem mais lhe provocava ansiedade eram coisas naturais.

Quando Daniel a pôs de volta no chão, ela parecia encantada, agradecida. Seu pânico em relação a ele tinha virado o pânico do caminho pelo qual ele, com gentileza, a fizera atravessar em segurança. Então me virei e vi o prédio da escola, solitário e distante entre os terrenos baldios, marcando o fim da jornada. A chuva estava cada vez mais próxima.

— Por que não vamos tomar banho de rio?

Se você parasse pra pensar, não era uma ideia ruim, e tentei explicar isto: Daniel não vai fazer educação física à tarde, de qualquer jeito. As meninas só fazem aula teórica. E eu não estava mais no time, então o que estaria perdendo, além de umas tantas voltas correndo e uns polichinelos? Carinna entendeu na hora que aquilo era pra ela, uma réplica de uma praia em meia ao temporal, mas Fernanda não estava disposta a acatar a ideia tão fácil.

— É perigoso.

A própria Giulianna, que era a mais medrosa, apenas olhou pra Daniel.

Quanto a Fernanda... talvez tenha tido algo a ver com a lembrança da natação, das roupas de banho ou talvez fosse o medo de matar aula, sensatez atribuída a ela pelos pais, mas ela ficou com o pé atrás o tempo inteiro, mesmo com Daniel concordando em ir. Dizia que nunca tinha nadado muito bem e que no rio, a correnteza... Bom, "rio não tem cabelo", era o que dizia, e eu, que na época não tinha o Google pra pesquisar expressões, não entendi o que aquilo queria dizer. Ou não entendi até saber sobre os chumaços de cabelo vermelho nas mãos fechadas do cadáver de Giulianna Giácomo.

Mas, neste ponto, o cadáver ainda era uma menina: Giulianna ficou muda, ao lado de Daniel, até nos despedirmos dele e ela também vir conosco. Almoçamos em casa e depois as meninas voltaram pra aula teórica. Fui sozinho à educação física pra correr minhas obrigatórias voltas em torno da quadra enquanto todos os outros jogavam bola, sem suspeitar que os elos da tragédia começavam a se fechar.

CAPÍTULO DEZOITO

The Birdcage ostenta seu nome em um letreiro néon, e Daniel combinou que o encontraria do lado de fora, na calçada do cruzamento da Lower Goat com a Dove Street. Então lá está Tito, caminhando outra vez, sem proteção debaixo da chuva, repassando o que Daniel dissera ao telefone. *Its crucial to be on the list or in the list?* — Tito caminha dois passos, distrai-se com a lógica gramatical enquanto avista Daniel que já acena, de longe. *On the list*, decide, pois o nome é escrito sobre a superfície da folha. Olha novamente o mapa no celular, dobra a próxima esquina. Mas metaforicamente seria *"in"*, certo? Você, na lista, é um nome misturado em meio à multidão de outros nomes que se reunirão em um pub... Para desenhar? Qualquer pensamento é melhor do que repisar seu descontrole da outra noite. Uma vez marcada a sessão, não haverá chance de ressarcimento da "inscrição" nem possibilidade de reagendamento, foi o que Daniel deixou claro. Ao encontrá-lo do lado de fora com uma enorme sacola de uma rede de supermercados, Tito não tem outra impressão além de que aquele foi o pior investimento possível do dinheiro que Daniel concordou em devolver depois de conversarem com menos *pints* na corrente sanguínea.

— É aí que acontecem as sessões de desenho?

Tito aponta com a cabeça, com pouca expectativa, ao ver, por trás dele, um pub excepcionalmente vazio mesmo para uma noite de chuva. Duas mulheres com pranchetas conversam no balcão, e um bartender se ocupa em enxugar copos perto da caixa registradora.

— Lá embaixo — Daniel responde. — Mas se quiser beber algo tem que comprar aí no bar antes de entrar.

Tito vai com ele ao balcão. Pede uma garrafa inteira de uísque.

— Tem alguma coisa que você queira dizer antes de começar?

Tito faz um ar afetado.

— Não — Daniel fala. — Você que é o repórter, não é mesmo?

Está claramente contrariado desde que Tito o encurralara contra a parede.

— Uma garrafa inteira mesmo? — o garçom pergunta, e Tito faz que sim.

Logo aparece no balcão a garrafa e um copo baixo. Tito serve a si mesmo uma dose que nem devia mais ser dupla, pelo choro que incluiu.

— Não vai desenhar direito assim — Daniel adverte.

— *Not the point.*

Uma das mulheres com pranchetas (Bridget Jones número 1.560) vem por trás deles e diz a Daniel que vão começar. Ele concorda com a cabeça, e isso parece levar à necessidade de afirmar para ela algo como *"very discreet Brazilian journalist"*.

Ela dá seu sorriso de *"brilliant"*, levantando demais as sobrancelhas, e sai, em seguida, desaparecendo em um corredor atrás deles. Daniel e Tito a seguem com os olhos. Até que Daniel se dirige a Tito.

— Tá por conta própria, certo?

Brilliant.

— Tá por conta própria de agora em diante.

Há uma rampa que dá para o subsolo. Daniel vai na frente e Tito o segue. O som vai ficando mais alto à medida que se aproximam de uma portinha onde uma moça com piercing no lábio os aguarda com a terceira prancheta da noite. Ela sorri para Daniel como se fossem grandes amigos. Depois olha para Tito, pergunta seu nome e procura na prancheta.

— Ah, aqui está. É o convidado de Daniel.

Tito faz que sim e ela se afasta, ainda cochichando alguma coisa que ele nem se dá ao trabalho de tentar entender. No fim, ela ri para Daniel e olha sisuda para Tito e sua garrafa de uísque.

— Oh, alguém vai levar o trabalho a sério.

Entram. A sala é quente como o inferno, e mesinhas escolares, tomadas por casacos, estojos da Windsor & Newton e blocos profissionais, fazem um semicírculo em torno de um palco escuro. Os donos desses mesmos materiais de arte bebericam aos fundos da sala suas módicas tacinhas de vinho do Porto, conversam e confraternizam, dificultando a passagem para o outro lado. Perto dessa pequena multidão, dá para ver que há um caneco de cerveja cheio de lápis grafite e folhas de sulfite.

— Esse material é gratuito? — pergunta a Daniel.

Mas ele já está muito afastado de Tito, enfiado na multidão, e Tito se dá conta de que conhece a música tocando ao fundo. É "How Soon Is Now?", dos Smiths, só que cantada por vozes que parecem ter respirado gás hélio. Passando direto e sem cumprimentar os membros do clube, uma leva de senhoras na faixa dos quarenta e senhores mais velhos ainda. Todos os jovens estão em Londres. É essa a faixa etária dos eventos em Norwich. Tito vê a sombra de cabelos quase loiros se movimentando na multidão até o outro lado da sala. Logo, uma das garotas de prancheta que havia chamado Daniel no balcão reaparece, abrindo a portinha que dá para a rua, e ocupa o centro do semicírculo. Atrás dela, um homem loiro com dreadlocks, o corpo e as feições de um modelo primitivo céltico. Os cabelos loiros da modelo agora parecem vermelho-cereja por causa da iluminação sobre ela e, como se sua entrada representasse o fim da música na dança das cadeiras, todos correm de volta aos seus lugares. Tito se senta no primeiro lugar que aparece vago, sem ter apanhado papel ou lápis. A terceira moça da prancheta fecha a porta por onde tinham entrado e assume também o centro do semicírculo.

— *Welcome, everybody!* — ela diz ao microfone, e Tito se apressa em pegar um caderno dentro da mochila, já começando a sentir os efeitos de beber de estômago vazio.

Serve-se de outra dose de uísque antes de começar e fica ali espiando Daniel, que não olha para ele nem para ninguém. Daniel tira da bolsa um bloco de A3, um vidro de nanquim e uma caneta, em uma ritualística que lembra a de um autista absorto em seu próprio mundo, ao passo que a "apresentadora" apenas explica:

— Primeiro faremos poses estáticas de cinco minutos. Depois quinze. Depois as sessões dinâmicas.

Tito não sabe exatamente o que isso significa e espera para ver. Uma menina que parece ter muito menos de dezoito

anos se senta ao lado de Daniel e, do outro lado, acomodam-
-se uma velha de cabelos encaracolados à la Ovelha ou Rod
Stewart e um rapazinho com jeito de viciado em cocaína que
fica corizando e olhando para sua garrafa de uísque. A garota
de robe está a anos-luz do que se imagina quando se pensa no
termo modelo e a gordura em torno do abdome, como um
cinturão muito pesado, realça a vulnerabilidade de sua postura.
Arqueada no palco, ela tira o robe, e o neandertal albino ao seu
lado também o faz. Eles dão um olhar significativo um para o
outro, muito profundo, muito amoroso, como se estivessem
se preparando para uma cópula tântrica. E então ele segura a
mulher pelo pescoço, retesa todo o rosto com uma raiva tão
primitiva quanto seu aspecto e fecha a mão direita em um
punho. Tito dá um pulo para trás, mas a apresentadora anuncia:
— *Five minutes.*

O casal fica ali, paralisado como em uma cena de filme de
mau gosto pausada. E todo mundo começa a desenhá-los.

Ao fim de cinco minutos, o casal se solta e os dois vão para
as próximas "poses" de cinco minutos. A seguinte é um arremedo de estupro, com ele a segurando pelos cabelos, a cabeça
inclinada e o pescoço reto. Entre uma e outra pose, eles se alon-
gam, soltam os músculos, bebericam, comem, e, quando Tito já
está começando a se acostumar com a encenação, a mulher diz:
— Agora as poses dinâmicas.

Daniel continua absorto. A garota vai até o modelo, que
respira fundo, e nesse ponto ele começa a bater nela de verdade enquanto as pessoas continuam desenhando. Uma
câmera na qual até então Tito não havia reparado está sobre
o tripé e registra tudo. Todo mundo desenha freneticamente

e faz gestos amplos com os lápis, enquanto Tito paralisa por completo. Uma parte dele apela para que não seja provinciano diante dos baques e urros que soam no palco. Isso só pode ser ensaiado, eles só podem ser dublês. São adultos e sabem o que estão fazendo. Procura de novo Daniel com a vista, esquadrinhando os artistas. Ele olha concentrado apenas para seu papel. Tito espia então os desenhos das pessoas ao seu lado. A cena não parecia tão perversa vista do papel. Era só violência, como em qualquer *graphic novel*. Tito tenta achar alguma desculpa para o fato de estar petrificado, desenhando linhas soltas e esparsas, como quem tem um tique nervoso, em seu próprio caderno. Começa a prestar atenção na música. "Valerie", de Amy Winehouse, depois "In the Air Tonight", de Phil Collins... O som da mulher ao apanhar vai começando a ganhar grunhidos primitivos. O garoto esquálido sentado ao lado de Tito dá um detalhe extra de realismo salpicando nanquim na folha. Bem nesse ponto, a mulher nua é atirada aos pés de Tito. Isso faz sua carteira estremecer. Ela faz menção de se levantar apoiando a mão em sua bancada e é aí que Tito nota o dorso ralado de suas falanges. A ferida é *real*. Ela fica mais branca, então começa a ficar vermelha. Ela olha para Tito e ele sente o pavor que não é da encenação. Ou, se é, algo tinha dado errado, porque ela está ferida de verdade. A garrafa de uísque trepida na mesa. Alguém diz ao microfone "intervalo", e Tito junta suas coisas disposto a não voltar para aquela sala nunca mais. Ainda a tempo de encontrar o olhar de Daniel, sentir-se indefeso e sinalizar, contra sua própria vontade, que estará na frente do pub esperando por ele, quando obviamente a única coisa certa a fazer seria ir embora, chamar a Scotland Yard, sair daquela cidade, daquele país, daquele continente. Mas Tito fica apenas de pé, na calçada, se dedicando a beber o que resta do uísque.

Quando Daniel sai, Tito já está bêbado o suficiente para não esperar que ele fale.

— Que coisa grotesca — comenta com a mesma expressão de nojo grudada na cara desde que saiu da sala. — *Of course you keep this in secret...*

Daniel acende um cigarro.

— Eu disse que era cedo pra você.

Tito quer saber o que diabos isso tem a ver com ele, com estar cedo ou tarde para aquilo que Daniel tinha a falar sobre ele, sobre Fernanda, sobre aquela tarde do afogamento.

— Nada — ele diz. — É o que tô tentando dizer esse tempo todo. Mas, se ainda não entendeu, pode ligar o gravador, leia bem meus lábios: eu... não... estava... lá.

E daí Daniel conta que, naquela tarde de 14 de junho de 2000, ele estava aborrecido porque era aniversário de Fernanda e isso significava ter de dividi-la com as amigas. Não seria a primeira vez, mas nunca era agradável. Bastou meia hora de som ligado na beira do rio, danças e gritinhos para ele se perguntar: mas que merda estou fazendo aqui?

As garotas dançavam umas com as outras "aquelas danças de vocês que já são praticamente sexo". Ele olhava tudo do barranco como se fosse um guarda-costas, e Carinna, nesse ponto, olhou para trás, para onde ele estava, e perguntou por que Daniel não dançava. Fernanda disse:

— Deixa. Ele não gosta de dançar.

Carinna pareceu sentir um súbito interesse nesse fato.

— Quem é que não gosta de dançar? Só não gosta quem não sabe!

Ela foi até ele decidida, com os pés enlameados, como se quisesse provar alguma coisa. Trocou o CD *SPC ao vivo* por um de *Magníficos*.

— E como eu já disse: eu estava ali contra a vontade. Estava aborrecido. Quis ver o que ia acontecer e deixei.

Carinna começou a se esfregar nele. Era assim a dança. Ele riu com constrangimento, mas não moveu um músculo. Nesse ponto, Giulianna entrou no rio parecendo chorosa, na certa porque de fato gostava dele e lhe faltava coragem para fazer o mesmo que a irmã. Fernanda ficou parada de pé, travadona. Ele conta que sentiu uma espécie de poder ali. Não porque todas as garotas naquela confraternização estivessem focadas nele, e sim porque Fernanda tinha muitas alternativas: poderia ir até os dois e separá-los, poderia brigar, poderia desligar ou trocar a música, se recolher intimidada, juntar-se a Giulianna no rio... Mas qualquer que fosse sua reação, seria algo inédito e mais revelador sobre ela do que qualquer conversa que já tinham tido.

— Cuidei pra não olhar pra ela. Pra cortar a comunicação e deixá-la só com aquilo, com aquela questão, pra ver como ela resolvia.

"Paralisar, lutar ou fugir." Eu me lembro do psiquiatra.

— Estava testando Fernanda?

Daniel faz que sim com a cabeça.

— Não sei pra qual reação eu torcia. Só que em algum ponto a esfregação do corpo de Carinna no meu foi ficando meio patética, deprimente. Senti cansaço daquilo tudo e logo me dei conta de que talvez eu não fosse o professor que aplicava o teste, eu era o testado. E se elas tivessem combinado aquilo entre si? Combinado pra ver como eu ia reagir? Como eu ia reagir se outra menina viesse dar mole pra mim? Eu também tinha alternativas. Podia repelir, dizer "não"... Havia, sem dúvida, algum jogo acontecendo do qual eu era apenas uma peça. Procurei Fernanda com os olhos. Ela estava sentada na margem do rio com os cabelos presos num coque alto. Parecia muito longe do meu alcance, como se eu nem ao menos existisse, então soube que tinha de sair dali rápido.

Então Daniel saiu. Essa era sua história. Ainda estava claro. Ele foi andando em seu passo habitual, os tênis cheios de terra, e só enquanto caminhava caiu a ficha de que aquilo era uma despedida. Que Fernanda ia estudar no Rio de Janeiro, correr atrás de seus sonhos, fazer valer todas aquelas notas máximas, e do nada ele, que estivera bolando secretamente um plano para não a perder, mesmo tendo dezessete anos e ela catorze, tinha lhe dado um motivo mais que suficiente para que o deixasse sem olhar para trás. Ele tinha, sem querer, feito parte de uma encenação que lhe dizia: garotos são fugazes. Garotos te deixam só. Concentre-se em seu sonho. Seu sonho é mais importante.

— Mas não se passaram dois minutos de caminhada quando ouvi Fernanda chamar atrás de mim. Tinha me seguido. Ela vinha correndo com a mochila na mão. A franja estava levantada pelo vento e atrás dela ainda dava pra ouvir as outras duas gritando "Fernanda, Fernanda", pra que ela voltasse. Eu tive um pressentimento ruim. Olhando pra ela, parada, desconfiada, o mundo dela a chamando às suas costas e eu à sua frente sem nada a oferecer. Não dependia de mim. Dependia dela. Mostrei as palmas das mãos voltadas pra baixo, como quem se mostra desarmado. Elas gritaram. Nós ouvimos o barulho das duas falando exaltadas entre si na água ou algo assim. Mas podia ser só uma brincadeira. Devia ser uma brincadeira. E Fernanda...

Ela voltou a caminhar na direção dele, e ele não hesitou em abraçá-la com força.

— Foi a primeira vez dela, se é que você me entende.

Eles se beijaram e avançaram de uma vez todos os limites no corpo um do outro. Transaram ali mesmo, no mato, os joelhos dele machucados do cascalho, da terra dura, das pedras.

— Você estava certo numa coisa naquela entrevista: um segredo bobo só não pode ser revelado se houver outro, mais obscuro e mais pessoal debaixo dele. Fernanda perdeu a virgindade enquanto suas amigas morriam afogadas. E isso pode parecer um segredo menor, pra mim ou pra você, mas é dela que estamos falando. Tem que saber o que significou pra ela... Acha que os pais dela iriam deixá-la estudar fora sozinha, sair de casa, aos quinze anos, se não estivessem certos de que ela era uma santa?

Então esse era seu ponto. Nem Fernanda, nem Daniel poderiam ser culpados pelo afogamento das irmãs Giácomo porque estavam naquele momento vencendo suas próprias resistências internas. No escuro da noite sem lua, no meio do mato... Ah, ele mal conseguia ver o corpo de Fernanda, mas viu o suficiente para saber que doeu e ainda assim ela lhe pedia para continuar, disse que não podia deixar de sentir a necessidade estupenda de fazer daquilo uma coisa menos animal e mais divina. As meninas gritaram mais algumas vezes por Fernanda.

— Mas ela tinha me escolhido, e eu respeitei sua decisão, não soltei dela por nada nesse mundo.

No fim, ele mostra o desenho. Não desenhava o casal se espancando, mas o próprio semblante de Tito, horrorizado e covarde diante daquilo. Arranca o papel do bloco e o entrega.

— Aqui está — ele diz. — Não preciso amar as coisas que desenho. Só preciso que aceitem ficar paradas. Você ficou parado. Somos todos culpados pelo que aconteceu, então ninguém é.

Tito sai sem se despedir, e Daniel fica para trás lembrando que os dois têm de acertar alguma coisa do apartamento. Mas Tito não está mais ali. Está de novo fugindo, quando a última coisa que deveria fazer era fugir.

PARTE IV

CAPÍTULO DEZENOVE

Os dias acabam cada vez mais rápido. Às quatro da tarde, já é noite fechada em Norwich. O inverno se adianta com temperaturas entre zero e três graus negativos. Embora o aplicativo do celular mostre constantemente flocos de neve no visor e os carros amanheçam com belos padrões fractais e uma poeira fina de gelo branco nos cantos do para-brisas, ninguém parece ter esperanças de neve real ainda em dezembro.

— Talvez em fevereiro — diz a recepcionista do The Maids Head quando ele passa para buscar o caderno da Ana Paula Arósio que enfim chegou ao seu primeiro endereço.

As aulas do Nile também chegam ao fim. Os alunos recebem diplomas, os professores celebram... Não que Tito tenha visto ou participado da celebração, ou mesmo que tenha se dado ao trabalho de pegar seu diploma. Tinha parado de ir lá desde o episódio no The Birdcage e, em vez disso, vinha se empenhando, concentrado, em visitar a biblioteca para trabalhar. Lá ele fica como quem cumpre um turno em uma redação e mantém a sanidade de uma rotina que consiste em ler o material do caderno e combinar os dados antigos com os novos, com os relatos de Daniel.

Acessa os e-mails que Renata e alguns colegas enviam do Brasil e, sem muita emoção, responde como que cumprindo uma pauta. Segue o conselho de Daniel, de certa forma. Precisa estar apto a contar uma história, mesmo que a barreira do idioma faça-o sentir que não está emocionalmente envolvido com o texto. Mesmo que sem sentir o sabor.

Nas horas menos desafiadoras, ele se lembra de algo que Kathleen havia falado sobre suas apresentações de balé, quando ainda estava em uma companhia. Ela dissera algo como "Eu era o tipo de dançarina movida pela mágica, e esse era meu problema".

Tito nunca viu nenhum problema nisso, muito pelo contrário. Estava ali procurando, pessoalmente, o gosto de contar uma reportagem como algo pessoal e lhe disse, do topo de sua experiência, que isso era, na verdade, uma coisa linda.

— Você não devia ter parado de ir atrás da mágica — disse, reparando naquele mesmo instante como a própria Kathleen era bonita.

E a mágica, ela contava, era algo como um estado de espírito no qual Kathleen se tornava invencível. Quando o desafio era alto, a concentração extrema, cada célula sua entrava na coreografia e não havia mais um só músculo em seu corpo que fosse seu, porque tudo era o movimento.

— Isso é belíssimo — ele disse, tendo a impressão de que também havia estado nesse lugar mágico algumas vezes, escrevendo sua primeira reportagem, por exemplo, mas se esquecido da porta de acesso a ele. Talvez ela pudesse levá-lo para seu lugar mágico.

Kathleen se afastou. Olhou-o direto nos olhos, como se tivesse não apenas a intenção de quebrar o clima, mas também de lhe dar uma sacudida.

— Pode achar bonito o quanto quiser — ela falou. — Mas, quando aquela é sua segunda apresentação do dia, você tá com uma unha arrancada dentro da sapatilha, o encanador ligou pra dizer que seu apartamento inundou e a orquestra tá tocando muito acelerada... Você não pode se virar pras pessoas que compraram ingressos com seis meses de antecedência e dizer: "Desculpa, não tem mágica pra mim".

Tito sentiu aquilo com a seriedade de uma lição de vida. Algo que talvez seu pai devesse ter dito, não uma garota de vinte anos.

— E o que é o certo a fazer, então? Fingir? Emular?

— Não. Evoluir. Fazer o que todo chef de cozinha já aprendeu. Você segue a receita. Segue cada técnica, consciente de que deu um significado a cada passo, de que trabalhou duro e fez a lição de casa... E você faz seu trabalho.

Então lá está Tito na biblioteca fazendo seu trabalho. Não imaginava que a lição precisasse ser aplicada em seu próprio campo: uma reportagem é feita uma só vez, com todo o entusiasmo que isso requer, e em seu caso tinha de ser muito. Depois está feito. Não tem repetição. Você grava uma vez. Escreve a reportagem uma vez. Ele já estava sustentado, acreditava, pela reprodução técnica. Acreditava que cada reportagem seria nova, e não era.

Em casa, procura no Google o chef que tinha perdido o paladar. Chama-se Grant Achatz. Descobriu um câncer na língua com vinte e oito anos. Fazia químio, voltava ao restaurante ainda a tempo de empratar e elaborava as combinações, intelectualmente, fazendo *sketches*, levando em consideração tudo que sabia sobre amido, gordura, sal, acidez... Tito sente um desconforto brutal ao ver os desenhos do cozinheiro em blocos de A3 com nanquim, mas, ao fim, talvez tivesse de se valer de métodos parecidos.

No fundo, pensa no chef e engole sem sentir o gosto as listas de verbos que seu professor passa, dizendo que, na língua inglesa, você precisa combinar um verbo forte com substantivos concretos. E, depois, tem de adicionar expressões adjetivas marcantes ou determinado traço de riqueza. E, enquanto ele explica com precisão matemática sobre narração do real contendo índices como cheiros, tato, em cenas em que os autores não estavam necessariamente presentes e das quais só conheciam os dados, Tito pensa se não foi por isso que veio até a Inglaterra, a capital sentimental da eficiência. Para escrever em um idioma que nunca saberá como realmente soa. Não como um nativo. E onde, pelo sim, pelo não, terá de superar esse diletantismo e aprender a manipular os ingredientes do seu próprio ofício.

É isso que fica fazendo na biblioteca, economizando aquecimento, água, até ouvir as caixas anunciarem que o espaço vai fechar em quinze minutos, quando então desliga o laptop e ruma para o Friars Quay, passando antes na St. Andrew Brew para matar a necessidade de falar sobre cervejas e futebol com quem quer que esteja atrás do balcão.

Finalmente chega o dia: olha seu projeto. É preciso fazer uma apresentação geral da investigação. Apresentar as fontes, mostrar as soluções encontradas e finalmente ler o roteiro e um dos capítulos da reportagem pronta, para que a parte da escrita em si seja verificada.

É este o ponto que mais lhe dá nos nervos. Como não falante do idioma, nunca saberá realmente como as frases soam. Tenta driblar essa dificuldade ao elaborar as tais listas de verbos fortes e fracos. Esqueletos de combinações, metáforas originais em inglês que testa em conversas para saber se fazem sentido. Ainda com dúvidas, na manhã daquela quinta, ele se dirige muito cedo para a biblioteca Millenium, perturbado por não saber se numa frase específica é melhor usar *everyone* ou *everybody*. Vai precisar da opinião de alguém. Não quer recorrer ao clã que está tão atavicamente ligado a Daniel. Talvez possa perguntar a alguma das garotas que trabalham lá. "*May I ask you a personal favour?*", pediria.

São sete e meia da manhã quando sai do Friars Quay, enche sua caneta com tinta, sua garrafinha de *pink lemonade* com água. Põe os textos na mochila, os arquivos no celular e observa o comércio mal engatinhando sua abertura. O dia escuro. Toma o desjejum na cafeteria abaixo da pizza express, um sanduíche sabor "natalino" e um café com aromatizado de *gingerbread* em um copo com a ilustração de Rudolph, a rena do nariz vermelho. Quer ser o primeiro a chegar à biblioteca para ainda pegar as funcionárias desocupadas. Mas a verdade é que, no tempo que leva para terminar de comer o sanduíche, a biblioteca já fica cheia. Não sabe explicar como aconteceu tão rápido, mas chega ao ponto de ter que peregrinar pelas mesas esperando um lugar vazio. Não encontra, nem consegue achar coragem para mostrar o texto a alguma funcionária.

Aguarda para se apresentar por último. A mesma sala de aula noturna parece um pouco mais deprimente com a falta de dois dos alunos que já deram o curso por encerrado. Com o fim do semestre, quase todos os cursos da UEA e do City College estão também com salas vazias. O professor chega um pouco atrasado, explicando consternadíssimo que hoje não terão intervalo, pois o café do Dragon Hall está fechado. Uma senhora de cabelo acaju é a primeira a apresentar, tem um projeto baseado em notas feitas em livros de ficção pela filha morta em um acidente. Em seguida, é a vez de outra mostrar seu projeto a partir de um álbum de família, concentrando a escrita em pessoas ausentes das fotos. Não parece fazer muito sentido a princípio, mas depois Tito entende a ideia. Ouve todos eles, primeiro com curiosidade invejosa, mas depois sentindo tédio, esperando ansioso sua própria vez de falar. Os colegas, que antes pareciam brilhantes, ele vê agora, são tão amadores quanto ele. Seus motes incríveis e originais não conseguem atravessar a película do sentimentalismo. Eles riem, orgulhosos como uma adolescente que fez um bolo para o namorado. Ele vai por último. Projeta na tela:

— Peça número um — ele diz e exibe a foto de Fernanda e Álida Aquino quando ainda eram amigas, em 1999. — Peça número dois. — Uma foto de festa junina em que ele mesmo aparece, ao fundo. — Peça número cinco. — Uma polaroide de uma carteira do Colégio Sagrado Coração. — Peça número oito. — Camiseta de concluintes 2000 assinada no meio do ano. — Peça número nove. — Uma foto que deveria ser apenas dele com Renan, mas na qual Daniel aparece de propósito ao fundo, borrado e indistinguível. — Peça número quinze. — Bilhete de Giulianna Giácomo, com uma sequência repetitiva de símbolos copiados de revista de horóscopo e que diziam: "Tenho medo do que eu sinto por Daniel e mais ainda do que Daniel sente por mim". — Peça número dezoito. — Uma camiseta quase idêntica com assinaturas diferentes e alguns nomes riscados. E assim por diante.

Explica a forma como montou seu caso inteiro, fez entrevistas, tentou reconstruir a anatomia de uma cena na qual duas... três meninas, de certa forma, morrem.

A apresentação termina. O professor recomenda que limpem tudo antes de ele sair. É assim. Decepcionante e anticlimático. Enquanto Tito guarda tudo de volta na bolsa, o professor o chama no canto. Recomenda outro curso, o do Heritage, se ainda quiser pesquisar sobre os prédios e famílias tradicionais de Norwich. Tito agradece com um muxoxo.

— Ah, desculpe dizer só no fim, mas tem apenas uma coisa que ainda me parece fora de lugar no seu projeto.

— Que parte de uma premissa impossível? — Tito pergunta. — Ninguém viu realmente o afogamento.

— Não, não é isso. A pergunta é por que a suspeita girou sempre em torno de uma só pessoa... Ainda que as meninas fossem mais fracas, eram maioria numérica, não? Três contra um. *They were not powerless.*

Tito balança a cabeça com pena.

— O senhor não deve ter apurado muitas histórias de violência contra a mulher, suponho.

O professor concorda, britanicamente assente que "*of course, it makes perfect sense*" e se retira da conversa.

Mas Tito continua a defesa em sua cabeça quando sai do Dragon Hall. *I mean, what do you know about violence, poor young man? What do you know about powerful or powerless?* E, à medida que faz o caminho de volta para casa, nas ruas escuras, o diálogo interno ricocheteia nos ciprestes balançando, nos grasnados de corvos, em uma sensação de terror que surge de lugar nenhum e vai se alojando no diafragma como um laser. *What does powerless mean to you?*, sua mente interpela, e ele só se concentra em caminhar mais rápido. Então, sua memória passa a disparar rostos femininos aleatoriamente: mãe, filha, Renata, Fernanda, sem lógica, ordem, e o medo cresce, um carro passa rápido demais, fazendo soar a buzina. Buzinas são raras aqui. Buzinas mexem com algo dentro dele, o terror continua se concentrando no diafragma, e então é isso. Está começando de novo. A fuga. Ele é assaltado pela sensação de que está no lugar errado, na hora errada, e começa a andar mais rápido, sente que precisa sair de onde está imediatamente, como se, em uma outra sala, as pessoas olhassem o relógio e esperassem que ele entre, mas ele não entra nem vai entrar, porque não se move. Não consegue se mover. Está buscando apoio em uma esquina. Percebe que sua respiração se torna insuficiente. Mas não pode ficar assim por muito tempo. É um imigrante. E não é branco o suficiente para ficar no papel de quem precisa de ajuda. Está em perigo. "Não", diz a voz do psiquiatra em sua cabeça. "Essa é a sensação. O sentimento. Há um pensamento por trás. Qual é o pensamento?" Mas esses pensamentos giram muito rápido, e não há equilíbrio ou controle mental para fazer com que passem. Então tudo o que lhe resta fazer é ir tão rápido quanto eles, os pensamentos. Tito põe-se a correr. Primeiro na velocidade de trote. A bolsa o atrapalha, ele a afasta do corpo, enrola-a até que ela fique compacta e passa a carregá-la como carregaria uma criança nos braços. Precisará passar por dentro do túnel que liga a St. Stephen à Chapelfield

Road. Não é um plano tão idiota; correndo, regulará a respiração. Correndo, a memória física da autorregulagem virá ao seu socorro. Mas não é o que acontece. Como se tivesse tentado apagar o fogo com gasolina, o que acontece é que o terror aumenta. Precisa ir mais rápido: pela Lion Street acelera para a London, o tornozelo vira, quase cai, a bolsa está fazendo com que se desequilibre. Desce correndo com ela pela St. Andrew Hill e cruza pela esquina apertando o volume da bolsa com força. Sente algo se quebrar dentro dela ou dele. Sobe a ladeira da Princess Street. O coração acelera de maneira desproporcional. Há algo muito ruim em seu encalço e não adianta mais correr. Para em uma bifurcação. Agacha-se encolhido embaixo de uma vitrine, como se estivesse ainda nessa tentativa desesperada de escapar de algum mal invisível. Quer se esconder dessa coisa, mas ela está vindo em sua direção e vai engoli-lo, e não há mais jeito de evitar, entende que só há duas alternativas: ou se atirar no rio ao fim da ponte, ou então aguentar a duração da coisa. Seu corpo está sendo percorrido por um calor abissal, enquanto seus dentes batem e ele está suando, o ranho escorreu pelo cachecol e o gosto salgado e nojento faz seu corpo se encolher enquanto ele tira o casaco. Jogado na calçada, começa a chorar. Olha para o canto direito, vê no topo da catedral a bandeira tremulante do Reino Unido e a enorme catástrofe que é estar sozinho e solto no mapa-múndi. Destacado do fluxo original do mundo que transcorre sem atropelos. Duas adolescentes passam rindo, de pernas nuas e bonitas, e uma criança fantasiada de gambá segura nas mãos do pai e da mãe a única verdade total, completa e absoluta do mundo. Tito está absolutamente só com essa coisa monstruosa dentro dele e lhe ocorre que talvez a única forma de aniquilar aquilo seria aniquilando a si mesmo. A atmosfera rarefeita das coisas nunca sentidas antes começa a provocar pontadas elétricas toda vez que move o braço. Hipotermia. Então Tito tira as luvas, soca o chão da calçada e se entrega a um choro convulsivo e arfares que lembram os de um tenista devolvendo bolas. A rua está vazia. Sua intenção é que a luta contra o chão faça o corpo entender que ele não quer se entregar à morte. Ao fim que está lhe rondando como rondou seu pai, e é bem neste ponto que finalmente Tito entende que está inteiro quebrado, que a sensação que teve foi a garrafa de *pink lemonade* quebrando dentro da bolsa, que perdeu a aliança quando tirou a luva e que é isto, é exatamente isto: foi a Norwich para morrer. Por que mais iria tão longe? Percebe que é muito fácil morrer ali mesmo, e por um instante é exatamente isso que quer, morrer de hipotermia ou de infarto. Tito é tragado por esse buraco do qual sempre se aproximou e no qual nunca entrou realmente.

*

14 de junho de 2000. Aproximadamente quatro da tarde

Eu estava correndo quando os alunos da aula teórica desceram pela rampa. Haviam sido liberados antes da hora, pelo jeito, já que ainda faltavam pra mim umas tantas voltas, e só então percebi que Fernanda, Carinna e Giulianna não estavam entre eles. Continuei correndo, mantendo o olhar fixo na rampa, esperando Carinna descer, mas ela não desceu. Nem ela, nem Fernanda, nem Giulianna. Não sei de que maneira, mas era como se eu já soubesse o que tinha acontecido. Enquanto corria, me dava conta de que aquela história não era minha. Era a história de Daniel. Eu era só aquele personagem secundário, mais ou menos esperto e que diz frases óbvias que só servem pra informar todo mundo das condições do cenário, pra que outra personagem importante possa revelar a própria personalidade e pra que todas as meninas venham e desabafem suas histórias. Eu corria, agora, por pura inércia. Estupefato, consegui reconstituir dentro da minha cabeça as meninas saindo do colégio quando ninguém estava olhando. Giulianna feliz indo se encontrar com Daniel, e Carinna e Fernanda nadando no rio. Fernanda admirando o namorado da amiga mais velha, e Carinna realizando seu sonho que não tinha a ver com garotos, mas com espetáculos da natureza. Eu tinha sobrado naquela história, e isso me dava tanta raiva. Foram pro rio sem mim, eu pensei.

Percebi em definitivo quem eu era no grupo. Apenas o personagem que dava liga. O garoto ajuizado, inteligente, não muito diferente de Fernanda, e elas iam dizer aos pais que estavam comigo apenas pra que eles as deixassem sair quando quem interessava de verdade era Daniel. Daniel era experiente. Daniel sabia como fazer as coisas. Daniel era maduro. Mas eu não tinha nem de longe a mesma vocação de Fernanda pra ficar admirando de fora as festas pras quais não tinha sido chamado e pra, apesar de tudo, tomar a posição de servi-las. Eu queria estar dentro da festa e, se queria deixar essa posição clara, só tinha um lugar pra onde eu podia ir.

— Ai! — Eu me atirei no chão pra que o professor visse. E segurei com força meu próprio tornozelo.

— Torceu? — Ele se aproximou olhando por cima da prancheta.

— *Acho que sim.*

— *Dá um tempo, então. Tu tá correndo demais mesmo...*

— *Se eu parar, é pior.*

— *Pois então vai pra casa, devagarzinho, e bota uma compressa de gelo.*

Fiz que sim e saí mancando pela porta da frente sem me dar conta de que havia uma menina de quem ninguém sentiria falta na aula prática de educação física. Uma única menina pra quem todos fariam vista grossa se ela saísse antes do fim da partida. E que justamente por isso ela poderia me seguir, se quisesse. E viria atrás de mim. Eu correndo na frente e ela correndo atrás no que provavelmente foi o momento mais atlético da sua vida e que acabou no quarteirão antes do mato, quando ela afinal gritou.

— *Tito!*

Parei, perguntando-me que merda era aquela, e olhei pra trás...

— *Que foi, Álida?*

Eu já conseguia ouvir as vozes de Giulianna dando gritinhos ao mergulhar no rio, e então Álida parou aliviada, com as mãos no joelho, esbaforida, reunindo todas as forças pra correr os metros que nos separavam.

— *Espera eu te alcançar.*

Ela não tinha nada a dizer. E daí me ocorreu que, se eu cruzasse a rua pro lado do rio, também não precisaria dizer nada. O que iria dizer, afinal, que não apenas reforçasse o fato de que eu estava nas castas inferiores e que tinha vindo sem que ninguém tivesse me chamado. Ia sorrir amarelo, como Álida sorrira diante de Leocádio, por debaixo da minha raiva

e frustração porque... Ela então chegou até mim e, abrindo seu
sorriso de dentes encavalados, disse, arfando:
— Eu. Trouxe. Gelo.

*

Não faz ideia de quanto tempo passa ali encolhido e tiritando
até que finalmente se deita, da maneira mais tranquila que
alguém pode estar deitado no chão de uma rua na Inglaterra,
agarrado ao próprio casaco. Quando olha adiante, para uma das
janelas do Briston Arms, um Papai Noel lhe faz levantar ainda
com a sensação residual do horror, a respiração compassada,
o queixo batendo. Ele se levanta esvaziado de qualquer outra
coisa a não ser o automatismo de reconhecer que esta é a Elm
Hill e que, se pegar a rua à direita, estará na porta do hotel onde
já não está mais hospedado. Que vai ter ainda de lidar com todo
o resto da vida, por mais cansativo e por menos empolgante
que isso pareça. Vai descer a ladeira de pedras da Elm Hill,
entrar na Magdalen Street e depois no Friars Quay. Em casa,
dará um jeito mecânico de se esquentar. Vai tomar um banho
quente com uma taça de vinho também quente, uma garrafa,
duas, três e se enfiar debaixo das cobertas e dormir três dias
inteiros — ou apenas cinco horas — antes de acordar nauseado,
com dor de cabeça, o tornozelo inchado e os lábios roxos, precisando desesperadamente de uma aspirina.

*

Quando os primeiros chuviscos começaram, Álida estava
tirando da mochila uma latinha de soda quase tão petrificada
quanto eu.

— *Isso vai ajudar no tornozelo* — *ela disse, estendendo a lata pra mim.* — *Foi o direito ou o esquerdo?*

Uma fagulha das vozes que vinham do rio trazia a voz de Fernanda dizendo:

— *Ele não gosta de dançar.*

Álida devia ter apertado os dentes com força, e seu rosto magro formou dois buracos na bochecha.

— *Ela também deixou você pra trás?* — *Álida perguntou, e fez um gesto de cabeça na direção do rio.* — *Quer que eu adivinhe? Ela disse que você ainda era muito criança pra entendê-la...*

Não sabia do que Álida estava falando.

— *É sempre assim. Ela se acha mais madura que todo mundo. E sabe o que é mais engraçado nisso tudo? Sou um ano mais velha que ela. Não tem nada errado em não querer apressar o relógio.*

Como eu não falei nada, Álida continuou:

— *A gente é muito novo. Tem tempo. Deixa eles pra lá* — *Álida falou, ainda estendendo a mão com a latinha pra mim.* — *Não vai pôr no tornozelo?*

Não sei o que me deu, mas derrubei a lata dela. Eu estava ali, a alguns metros de Carinna Giácomo, inutilmente linda, pedindo, implorando que houvesse no mundo alguém que pudesse ser um par à altura, que caminhasse seguro até ela e lhe mostrasse um mundo novo. E a maravilhasse com sua conversa e sua personalidade magnética e lhe fizesse rir e fosse uma base firme em que ela pudesse se desmanchar. E Álida, na sua compaixão, se agachara aos meus pés, um graveto incipiente, sorrindo por trás de uma mágoa imensa. Sabe quando a gente

percebe em outra pessoa que ela está na verdade com medo?
Sabe como é perceber o medo do outro?
— *Álida, fica de pé.*
— *Pra quê?*
— *Venha aqui. Chegue mais perto.*
Ela obedeceu. Quando notei a fragilidade dela, foi aí que
percebi que estava de pau duro. E que estava assim, provavel-
mente, há muito tempo.
— *Solta o cabelo.*
— *Eu não gosto...*
Soltei o cabelo dela. Ela usava um batom azul. Encarei
aquela boca, aqueles dentes encavalados, tortos, o lábio fazia
um v em vez de um coração e aquilo, a boca dela, parecia um
lugar inóspito onde um homem tinha de pagar uma penitência.
Tirei dela o batom azul com a mão, com violência, com raiva,
e segurei sua cabeça e apertei sua nuca. Ela deu um grito feio.
Um grito de dor real. Fechei os olhos ouvindo os gritinhos ani-
mados de Carinna e de Giulianna Giácomo dizendo:
— *Fernanda, uhuu, Fernanda.*
Enfiei com força minha língua na boca de Álida e ela se
debateu e me empurrou e lutou, e tudo que não fez, não teve
coragem de fazer, foi me atacar. Poderia ter me chutado, me
mordido, podia até ter dito "não" e não disse. Mas, nesse mesmo
instante, deu pra ouvir um ruído indistinto que vinha do rio.
Mas então Álida simplesmente cedeu. Sim. Cedeu. Tentou
imitar meus movimentos enquanto apertava no punho a lati-
nha que eu tinha derrubado, era sua maneira de chorar, e os
gritinhos que vinham do rio pararam de ser audíveis, abafados
pela chuva. Não sei quanto tempo durou aquele beijo forçado.

Minutos? Horas? Porque na televisão eles nunca mostram o que fazer com a pessoa depois de beijar ou de bater nela, eu só sabia como proceder até ali. Não sabia o que vinha depois. Então continuei beijando ou continuei batendo. E, quando parei, meus lábios estavam dormentes. Estava escuro. Álida era uma menina abusada tremendo de frio. Ela não olhou pra mim. Olhou pra baixo e disse:

— Pode ficar com a latinha. — Soltou-a no chão e saiu correndo.

Eu me sentei na pedra e peguei a lata, ouvindo os passos de Álida correndo pra longe de mim. Estava quente, molhada, e não havia quase mais nenhum som que não fosse o dos grilos e das cigarras troando.

CAPÍTULO VINTE

Acorda em sua cama do Friars Quay. Veste as roupas do dia anterior. Estão sujas, amassadas, cheiram mal, e ele sai do prédio pelo caminho da Elm Hill, subindo a ladeira devagarzinho, dobrando então na Princess Street até o Creative Quarter, onde há duas cabines de telefone público tipicamente inglesas. São oito da manhã e as pessoas que passam na rua são, em sua maioria, os estudantes do colégio anglicano, que sorriem trocando segredinhos, sacudindo os cabelos coloridos, sem nenhuma maquiagem e aquele jeito de quem passou bastante tempo da vida sendo alimentados à base de leite fresco. Quando Tito disca o número, fala com Renata, cuja voz é tão preguiçosa quanto a sua.

— Tito?

— Desculpa. Que horas são aí?

— Peraí.

Ela se mexe e ele escuta de longe uma voz fraca que deve ser de Clarinha, o som familiar da cama que deve estar agora tão quentinha com os lençóis de algodão de sei lá quantos fios.

— Cinco da manhã — ela diz. — Tá tudo bem. Eu tava querendo levantar cedo mesmo.

— A Clarinha tá dormindo com você?

— Só ontem. Tava gripadinha, então eu deixei.

— Mas como assim gripada?

— Nada de mais. Resfriada, só. Você também parece estar gripado.

— Acho que eu torci o tornozelo. Na hora não pareceu nada, mas...

— Sua voz, Tito. Sua voz não...

— Acho que tive um episódio daqueles de pânico.

— Putz...

— Nunca tinha tido um desse jeito.

— Por que não me ligou na hora?

— Não tinha como.

Há um silêncio. Ela parece estar procurando a coisa certa a dizer.

— Além disso, acho que estraguei o celular.

É possível imaginar Renata praguejando contra o mundo. Querendo e provavelmente dizendo a si mesma todas as razões pelas quais ele é culpado pelo próprio ataque. E não estaria errada. Ela disse umas trezentas vezes para ir antes ao médico. Lembrou também que precisaria de tempo, que as farmácias não podem, não conseguem vender tantas caixas de sertralina assim de uma só vez. E que... E nesse meio silêncio em que ele a escuta sair do quarto refrigerado para a sala, onde o sol deve estar saindo quente e fresco, com o resquício marítimo, ela diz:

— É foda.

— Tava andando na rua. Parei pra respirar num canto e tinha uma garrafa de vidro na bolsa. Não tinha como ligar. Talvez não ajudasse também. Como estão as coisas aí?

— Tá tudo bem. A Clarinha achou um filme de Natal que tem um personagem de Norwich pra gente ver junta.

— Aparece a cidade?

— Só um castelo e uma floresta com muita neve. É daqueles que alguém viaja no tempo e descobre o sentido do Natal.

— Na verdade, parece que é muito raro nevar aqui.

— Tudo bem. Mas deixa ela pensar que não é. Ela se sente mais perto de você, acho. A gente vai pra Gramado agora no Natal. Meus pais tão indo. Achei que isso ia aliviar a saudade do pai.

— A gente detestou, lembra?

— Lembro. Mas criança é diferente. O André também vai, vai levar a Lara, as duas vão ficar lá juntas.

— Fica de olho.

— Tô preocupada com você. Pelo menos seu projeto tá andando? Conseguiu descobrir as coisas que queria?

Tem de lhe dizer a verdade. Contar que agora, sem o celular, não tem mais como ligar para Daniel. Na verdade, nem sabe se o próprio Daniel teria como falar com ele, a menos se viesse pessoalmente, o que não ia acontecer tão cedo. Daniel está fora da cidade, com a família de verdade. E, exceto por estar tendo um caso com Saniya — que está prestes a viajar também —, não deve haver muito que lhe faça ter vontade de vir ao centro de Norwich. Ele não está mais nas redes sociais. Tito costumava acessá-lo por SMS ou WhatsApp. Agora, sem telefone, tem de esperar que o procure.

— Ele é que sabe onde eu estou, os cursos que eu fazia e minhas rotinas...

— E o e-mail?

— Sem acesso. Verificação de senha em dois passos.

Tito se dá conta de que, de repente, ele é Saniya. Havia optado por esconder de si mesmo sua vulnerabilidade achando que, quando chegasse a hora, saberia como atacar de surpresa. E quanto a Renata...

Tem milhares de coisas que Renata pode dizer neste momento. Por exemplo, que ela sabe muito bem que isso vai dar errado. Que cansou de dizer para ser mais cuidadoso, mais prudente. Que uma pessoa só é real quando é encontrável e que, por Deus, como era que ele caía nessa de um amigo que de repente sai do nada, sem origem nenhuma, sem família, sem endereço, simplesmente para convencê-lo de que... de quê? Em vez disso, Renata diz apenas a melhor coisa que ele poderia ouvir:

— Que caos, hein, Tito Limeira?

Ele concorda. Pede que ela fale mais. O que está fazendo. Se está também com algum projeto novo.

Renata começa a contar sobre os problemas que está tentando resolver. Descreve o pé-direito duplo, a despensa que ela quer que seja como a dos ingleses. É como se a casa funcional, com seus cheiros e sons e a TV ligada constantemente nos desenhos animados da Clarinha, o envolvessem. João Pessoa inteira entra na cabine telefônica.

— Tenho que ir — Renata diz. — Quero ter algum tempo antes da Clarinha acordar.

Desligam.

Ele caminha até a farmácia Boots se perguntando, afinal, por que saiu de casa.

*

Do dia 15 de junho de 2000 em diante

Fernanda voltou às aulas no dia seguinte ao das mortes, mas não quis ir ao velório. Aos poucos, fui falando com todas as pessoas no colégio inteiro e perguntando se não achavam estranho que três meninas fossem ao rio, duas morressem afogadas e a outra apenas tivesse voltado para casa e se mantido caladinha sobre tudo que havia acontecido, quando poderia ter ido buscar ajuda. Eu estava com raiva. Queria me vingar de algo que não tinha certeza do que era. E vi que, aos poucos, mesmo as pessoas que não gostavam das irmãs Giácomo acharam, ali na minha insinuação, um bom mote para boatos. O problema era que, quando você começa um boato, não pode controlar a proporção que ele ganha. Mesmo os boatos mais maldosos. Os grupinhos conversavam e então silenciavam quando Fernanda chegava perto. "Lésbica", "sapatona", "assassina", "psicopata". Fernanda passou a ficar sozinha na sala de aula. Mas na rua era vista perambulando sem nenhum motivo aparente. Não tinha mais nenhum amigo e, se antes ficava olhando pra Daniel, agora Daniel saíra da cidade e a ironia era que a própria Fernanda tornara isso possível. Tornara possível ao defender, ingenuamente, a versão de que eram só as três, não havia meninos envolvidos. Não, elas não namoravam. Não, elas nem pensavam em garotos, imagine! Ninguém poderia pôr Daniel na cena do afogamento. Nem mesmo eu ou Álida, que tínhamos ouvido, de longe, a voz das Giácomo, que as ouvíramos se referirem a Fernanda. Era preciso um novo cordeiro sacrificial. E todos pareciam concordar que, afinal, aquela menina Fernanda era mesmo meio esquisita. A Rita foi boba por deixar que suas meninas fossem amigas dela. O ano estava perto de acabar quando Fernanda finalmente não aguentou mais e tomou de uma vez todos os remédios que encontrou no armário da avó. Não foi de verdade, ou pelo menos eu sempre achei que não era a intenção verdadeira. Acho que, como dizia o médico, ela estava apenas fazendo um pedido desesperado pra não voltar à escola que não representava mais um ambiente apropriado pra ela. A parte mais estranha dessa primeira tentativa de suicídio foi algo que eu, por acaso, soube pela rádio difusora de boatos, essa que alguns chamam de família: um laudo apontava que ela, com catorze anos de idade, estava grávida de quatro meses.

Quatro meses. O Colégio Sagrado Coração de Jesus agora era uma comunidade completa. Alguns alunos estudavam lá desde o maternal e agora estavam no primeiro ano. Jogos olímpicos, concurso de Miss Estudantil. Algumas amizades feitas ali estavam fadadas a durar pra sempre, como a minha com Renan, que nem era tão forte na época. Os alunos tinham namorado entre si, alguns continuaram namorando e tiveram filhos que foram matriculados no mesmo colégio. Todos os jogos intercolegiais com suas torcidas, símbolos, escambo entre casas, trabalhos feitos em equipe, campanhas da fraternidade, excursões, gincanas e todo tipo de trabalho coletivo que faz uma comunidade ser o que é. Agora só faltava a tragédia e um cordeiro sacrificial que purgasse todos da culpa pelo acontecido. Esse cordeiro era, sem dúvida, Fernanda, que, na segunda tentativa de suicídio — desta vez com uma corda —, conseguiu o que sempre quis: servir a todos assumindo aquela culpa.

Foi velada em casa. No caixão, seu corpo parecia um manequim representando Fernanda. Só me lembro de ter visto Rato Branco no ano em questão, já adulto, casado e pai, sair do banheiro com uma cara de pasmo e dizer:
— Eles não têm chuveiro elétrico.

*

Então aqui está você. Trinta e cinco anos. Quase podre de tantas lesões. Tem uma bursite precoce no quadril. Tornozelo com o ligamento rompido. Canelite, os joelhos também pinicam de dor, mas a verdade é que continua correndo. Não sabe exatamente o porquê ou não sabia até agora. A pergunta não é atrás do que você corre, pois quem corre perseguindo algo sempre tem o eventual direito de parar ou reduzir a marcha. Quem não tem esse direito é quem está fugindo de algo. Os que têm algum mal em seu encalço. Alguma coisa diante da qual estão impotentes. Estes só podem parar de correr quando resolverem lutar. Até lá, estarão ignorando o chamado do corpo. Fazendo mais lesões que, *in a very beastie way*, significam que o corpo já está querendo parar. Então agora você está frente a frente. Um rio. Que coisa inútil é um rio. E então vai pensar em Heráclito. Precisa comer alguma coisa. Está tiritando de frio. Precisa de calor externo. Vai almoçar no refeitório da UEA como um desses alunos velhos. Pegar de novo o ônibus e voltar para casa antes que a temperatura caia ainda mais. Gostaria de não se sentir tão quebradiço.

*

Eu me lembrava do choro de Fernanda que vinha através da parede que separava os banheiros feminino e masculino. Ela chorava trancada e, na minha cabeça, eu achava que tinha tentado de tudo pra ajudá-la, quando fui exatamente quem mais atrapalhou.

Eu podia culpar a escola por não vigiar direito seus alunos. Culpar a prefeitura por não manter advertências sobre os perigos de nadar naquele ponto do rio, mesmo tão raso. Culpar os pais, os moradores próximos e culpar aquelas meninas, por que não? Que foram lá como umas idiotas. Que se puseram em roupas de baixo e se deixaram ficar à mercê da correnteza.

Então eu enfim disse:

— A culpa foi sua. — Eu sabia que Fernanda estava ouvindo, através da parede. — Você tava lá e eu aposto que chamou Daniel. Você realmente achava que ele ia se importar com o que ia acontecer? Olhe em volta. Cadê o gringo?

— Eu tava tão apaixonada... — Essa era a única defesa de Fernanda. — E você entendeu tudo errado...

Dei a volta e abri a porta do banheiro feminino.

— Tem um nome pra isso que você fez, Fernanda — eu disse. — Esse nome é covardia. Assuma sua culpa. Aprenda sobre honra. Eu pelo menos vim dizer isso na sua cara.

Dei as costas e saí pelo longo saguão do colégio.

— Culpa não adianta nada, Tito... Sabe o que adianta?

Eu nem ouvia mais, desci direto pelas escadas e saí correndo em um trote médio e decidido de quem acabara de fazer um gol, com o alívio de quem acabou de jogar todo o peso que sentia em cima de outro e que agora está livre pra ser a vítima das circunstâncias. Pra imaginar que, se não fossem Daniel e Fernanda, eu teria ficado com Carinna Giácomo. A história, na minha versão, sempre encerrou bem no ponto em que havia um encontro em aberto. Eu nunca tomei o fora que provavelmente tomaria. E minha indignação pela morte das irmãs Giácomo ficou exatamente com estas palavras grandiloquentes: honra e heroísmo. Contra a covardia e a culpa.

*

— Acho que você é o idiota com a maior sorte do mundo — Renata lhe diz quando ele atende à sua chamada no Skype. — O nome Saniya te diz alguma coisa?

Ela conta que Saniya entrou em contato com ela. Aparentemente Daniel tinha tentado telefonar, porque estranhou a falta de Tito no último dia de aula do curso de inglês e ficou preocupado.

— Aparentemente, ele conhece bem seus problemas, sua vida... Então usou essa conta, dessa Saniya, e me pediu notícias suas.

Notícias. Que notícias poderia dar? Que está com febre desde a noite em que entrou em pânico? Ele tosse, e sua voz está embargada.

— Ele deixou dados de onde pode ser encontrado?

— Não ia deixar, mas eu pedi.

A cabeça de Tito lateja, mas, afinal, ele tenta se mexer o bastante para encontrar lápis e papel. Daniel, no fim das contas, tem um endereço fixo em Norwich.

CAPÍTULO VINTE E UM

São poucos minutos de caminhada até a Elm Hill, mas Tito carrega uma caixa debaixo do braço e sente tanta dor e cansaço que precisa parar sempre alguns segundos de olhos fechados. Sua cabeça dói em salvas, ele fecha o casaco e tenta respirar fundo sem conseguir mais distinguir o frio ardente nas narinas ou qualquer um dos cheiros que deveriam estar ali em abundância: cheiro de kebab, curry, móveis velhos, mofo, madeira, traça, lavanda... Onde tinham ido parar esses cheiros agora? Já o som... Ah, esse está mais presente que nunca. As batidas de violão, do único trovador que restou depois das festas. Essas batidas o flagelam de tal forma que ele precisa parar uma vez mais, repousar a caixa no chão, tomar um fôlego quando ouve a catedral repicar seus sinos. Saberia onde está sem nem precisar abrir os olhos. A dor e o cansaço se estabilizam, então segue. Volta-se para o entardecer roxo diante de si e, em meio às pessoas passando apressadas, ele consegue erguer a cabeça latejante, com seu nariz entupido, e ver o The Maids Head. Não o hotel, propriamente, mas seu teto, seu ponto de referência onipresente, a bandeira do Reino Unido tremulando, majestosa com o céu colorido ao fundo. Cada tarde de uma cor. A rua é uma fortaleza cenográfica, um estandarte da crença no tempo.

O tempo? Ele sempre pode ser reconstruído. Podemos voltar atrás se nos empenharmos muito, se pesquisarmos direito, se copiarmos as memórias e se quisermos de verdade.

Continua caminhando. Está encharcado do próprio suor febril e entende agora muito bem por que está ali e por que sentiu o que sentiu aos vinte anos vendo essa mesma bandeira tremular sobre seu luto paterno em Londres. Sua motivação nunca foi a de salvar aquelas meninas do mal que, em sua cabeça, era Daniel. Sua motivação era e sempre foi apenas a de ser Daniel para se livrar de ser quem é Tito.

Tantos anos depois e ele ainda se lembra perfeitamente da sensação de querer ser Daniel. E de querer isso mais que qualquer outra coisa, apesar de tudo que era ruim na vida do garoto. Achava que, agora, com todas as habilidades adquiridas, anos de reportagem, entrevistando donos de morro, líderes de presídio, conseguiria fazer as perguntas certas, conduzir a conversa. Ainda sente um arrepio na nuca só de imaginar como seria conhecer Daniel de verdade. Conhecer de verdade o que está do outro lado da ponte, como disse seu pai. Pensa nisto agora, à medida que se aproxima da Fye Bridge: que, se conseguir conhecer Daniel, só assim ele se encarregará de contar o resto da história. Levará essa história toda como uma célula para seu laboratório, para analisar, fatiar, olhar em um microscópio e, finalmente, plantar em si mesmo aquela semente e vê-la germinar. Uma única célula de Daniel lhe daria força, determinação e coragem para ser invencível.

É justamente por isso que Daniel não vai lhe entregar nada, não se deixará conhecer. Ele o vê acenando e indo em sua direção.

— *What happened?*

Tito deixa que ele se aproxime e entrega a caixa.

— O que é isso?

Faz apenas um gesto. Está cansado demais para responder. Talvez, deixando Daniel curioso, fiquem quites.

Daniel retrocede.

— Por que me entregou isso? Você tá bem? Parece doente. Ei, ei...

Em vez de subir direto para o The Maids Head, Tito vira à direita, seguindo pela margem do rio. À medida que avança, as mil perguntas que tem para Daniel se liquefazem. Ou se incorporam.

Nadar contra a correnteza é uma enorme perda de tempo, percebe agora. Daniel estava certo. O dobro da energia, metade dos resultados. Um mero descuido e você se afoga. Inúmeras vezes, nos últimos anos, Tito havia sabotado de propósito suas empreitadas. Tinha se escondido em algum lugar. Gritado com alguém, dado socos em paredes apenas tentando voltar àquele momento em que podia ter tido um ato heroico, podia ter feito a diferença. Isto é o que pessoas como Daniel têm de melhor: não olham para trás. Têm confiança extrema no final que as aguarda. Atiram-se na direção do medo diariamente, não fogem dele até que vire um hábito.

Mas agora Tito tem muitas tarefas pela frente: dar um jeito no tornozelo, acionar o seguro médico pelo telefone... Obviamente, não tem condição de continuar assim. Tito recusa e abandona Daniel ali, às portas da Elm Hill, balançando a caixa cheia de quinquilharias e ainda sem entender seu rosto desfocado da imagem, enquanto Tito refaz, mancando, todo o caminho de volta.

CAPÍTULO VINTE E DOIS

Ele troca a passagem de ônibus da Victoria Station por outra que vai direto para o aeroporto de Heathrow. Não será capaz de aguentar mais de uma espera, mais de uma troca de veículo com o tornozelo doendo tanto. Esvazia a geladeira, os armários, tira do banheiro seus itens pessoais. *Foi uma combinação de diversos fatores*, escreve no computador. *Para a maioria das pessoas, escreve, afogar-se em um rio raso, ainda por cima acompanhadas e tendo tantos amigos no raio de alcance da voz, é um elo que não se fecha. Mas, no caso das irmãs Giácomo, foram muitos elos se fechando: Daniel, que acreditava em si mesmo, ligado a Fernanda, que acreditava em sonhos grandiosos, ligada a Álida, que acreditava em mim, ligada a mim, que não conseguia acreditar. Há ainda todos aqueles elos infinitos que eu nunca chegarei a ver ou a ligar e mesmo assim estavam ali, se fechando.*

Porque não era tanto uma questão de quem era o culpado pelo acidente ou quem tinha poder sobre quem. A questão era apenas que Fernanda e eu queríamos estar no mundo dos vencedores. Um mundo que eu me comprometera a amar antes mesmo de saber seu conteúdo. Onde eu nunca poderia entrar e ainda não posso. Daqui de cima, na sala ao lado

da lareira de Daniel, contemplando o rio Wensum, percebo
que ainda estou batendo e pedindo pra que abram a porta, que
me deixem entrar na festa, pra ser aceito. Ainda estou aqui:
com os cabelos embranquecendo, esmerando-me em juntar as
peças que nunca encontrarei pra montá-las de novo, dar-lhes
vida uma vez mais e então voltar no tempo, pela última vez,
e... aqui estou eu, perto do rio. Escuto Álida dizer que trouxe
gelo. Ela chega pra mim esbaforida, ouvimos de novo a voz
de Fernanda, dizendo que Daniel não gosta de dançar. E eu
tenho, de novo, a chance de salvar o mundo. Dizer pra Álida:
— *Vamos lá comigo?*
Dizer:
— *É aniversário de Fernanda. Tá na hora de vocês fazerem*
as pazes.
E então atravessar o mato com ela. Fernanda e Daniel
não fugiriam. Todos estariam salvos e eu poderia olhar pra
Carinna, pro seu rosto tão bonito, suas sardas ruivas, seus
olhos grandes, segurá-la entre minhas mãos, aproveitar aquela
sensação por um segundo, ainda que ela se esquivasse no ins-
tante seguinte, com seu corpo voltado na direção do rio, e me
rejeitasse.

O alarme toca. Está na hora de voltar para casa.

Na rua, encontra a habitual correria. São oito da manhã, ven-
dedores de lojas estão abrindo seus negócios, conversando nas
calçadas e pondo para fora cavaletes, sapatos em promoção,
suas gentilezas uns com os outros. Mas não há sorrisos para ele
que, como um demônio sujo e coxo, claudica sua figura sombria
na direção da estação rodoviária. No caminho, um grupo de

adolescentes em seus uniformes escolares desmancha o sorriso e abre um vão para que ele atravesse. Conforme passa, talvez até ouça algum comentário ofensivo voltado a estrangeiros, algo sobre o quanto espalham o novo vírus, são mal-intencionados, ou sujos, ou doentes.

— A culpa é deles.

Uma menina asiática atravessa a rua usando uma máscara cirúrgica. Mas é mais provável que Tito esteja imaginando coisas. É ainda fevereiro de 2020, a primavera já faz suas promessas em botões de flores, tufos de folhas novas em árvores secas, e ele é um perfeito vilão de filme.

Pela primeira vez na vida, tem a impressão de que é assim mesmo que tem de ser.

FONTES
Fakt e Heldane Text
PAPEL
Pólen Bold
IMPRESSÃO
Lis Gráfica